亞洲山寨版玩具 大圖鑑

THE COMPLETE GUIDE TO FAKE TOYS

中國·香港·台灣·韓國的

奇妙玩具

●●●●●● 寫在前面

嗨,大家好!我是加藤藏鏡人,非常感謝各位翻閱本書。另外,站在書店裡偷翻這本書的你!在這裡給你一個良心的建議,趕緊拿著這本書前往櫃檯結帳吧。至於原因,就是因為這本書實在是堪稱史上「前所未聞」、就連身為作者的我也驚嚇地叫出「竟然會出這種書!?」的極品啊。

本書將會揭露在「中國大陸」、「香港」、「台灣」、「韓國」、「美國」、「義大利」、「日本」等名地的山寨版玩具情報。如此將世界各地的山寨版玩具集結成冊,簡直可說是本人自從1996年獲得亞特蘭大宅林匹克金牌以來的壯舉呀。對了,在本書中所提到的「山寨版玩具」,就是指

以亞洲為中心進行販售,會讓人「總覺得好像在哪裡看過」、「但是又好像哪裡不太對勁」的玩具。而這些玩具,全部都是受到日本等地家喻戶曉的人氣角色所影響,或者是以搭順風車這樣的想法而做出來的各種山寨玩具,對於我們這些一看就知道商品本尊是誰的日本人而言,都會情不自禁地露出微笑(也包括苦笑?)吧。

「那個知名角色的臉部會『啪!』地一聲打開來,長長的鼻子還甩來甩去。」
「正義英雄居然駕駛著隨處可見的交通工具輕盈地狂飆。」
「那些世界知名的角色們居然被製作成為機器人。」

以上諸如此類的感想,如果只以一句「假

貨」、「盜版」就一笑視之，實在是非常可惜的一件事呀。我們何不將它視為一種文化、一面享受並且一面予以關注呢？說不定還能夠藉由這些玩具，看出亞洲各國的特色與民族性(不過我想大概都會把這些歸類成為幻想或錯覺)呢。

不過最重要的就是…實在很難想像今後還會有哪個作者或是出版社，打算再推出像這種天下第一蠢字號的書籍吧(因為就連我們自己也沒有把握會再出版比這本等級還要高的書)。換句話說，錯過了這次，下次說不定就再也沒有機會買到這種類型的書喔。看吧，開始很想買了吧？勸你趕快拿去櫃檯結帳，坐在自己家裡的沙發上慢慢地欣賞這本書吧。

就算真的因為內容實在是蠢到天邊無怨尤而令你大失所望，但是這樣也有可能才是最正確的感想也說不定呢。那是因為大部分的亞洲山寨版玩具在買回家之後，都會令當事人感到失望透頂，不過這股失望的感覺，也正是山寨玩具的魅力所在呀。這些話我可是說得非常認真，認真到一個不行喔！

自由作家：加藤藏鏡人

■本書僅是以介紹亞洲各國所販賣的玩具為目的。由於亞洲玩具以未獲得正式版權的商品居多，這裡也依然同樣予以介紹，不過用意只是針對亞洲玩具文化的介紹為出發點，完全沒有任何助長販售無版權玩具的意思。

■本書內容僅以玩具同好者的心態，介紹亞洲地區各種類型的玩具，並沒有任何侮辱亞洲各國文化與習慣的意思。

■關於本書內文，為顧及原版商品，對於市面上已經存在的版權角色，皆以隱藏部分名稱來加以表示。不過對於所要介紹的玩具名稱，就會完全依照包裝上所註記的文字予以描述。

■本書所介紹的玩具，全部皆未曾在日本國內進行販售，並且也包括現今在國外停止販售的商品。請不要向日本國內的玩具製造商、本書出版社詢問玩具商品的一切相關訊息。

①章 英雄&動漫角色

來自未來的貓型機器人、黃色的發電老鼠、身穿鎧甲的美少年戰士以及色彩鮮豔的變身英雄……這些在日本擁有高人氣的角色們以亞洲各國為起點，現在就連海外也同樣是無人不知、無人不曉。不光是城鎮裡的玩具店陳列著它們的玩具，就連以狂熱愛好者為主打對象的動漫精品店、角色扮演用品店，也能夠見到這些角色們的精品廣受大眾歡迎。當然就連亞洲的山寨市場，也是以外觀上有著微妙差異的「山寨角色」為主流。有一次，某個國家玩具店老闆的阿婆指著我背包上的吊飾說：「背包上掛的娃娃還真是有趣耶～」。事實上這個吊飾的外觀狀似某個著名動漫角色，不過卻是「毫無原有可愛模樣」的山寨商品，是我來到這裡之前，在其他國家所購買的商品。阿婆後來一臉尷尬地繼續說「不過這個應該是盜版的吧？你看，在我店裡賣的就不一樣喔，你根本就是被其他店家給騙了嘛」。只不過這位阿婆所賣的商品也全都是山寨玩具呀。

 尺寸

 主要用料

 內藏機能

Happy Drummer Cat
Adventurer

01

 約18公分

 塑膠製

能夠電動行走、發光、發聲、可以變形？

這是一個似曾相識的貓咪、並且能夠輕快打鼓的玩具……當腦中閃過這個念頭的時候，玩具的臉部突然從中央裂成兩半往左右兩邊張開，然後從中間伸出一條象鼻出來！仔細觀察張開之後的臉部配件，能夠像是大象的耳朵一般輕輕地擺動。至於這個奇妙玩具的名字是「Happy Drummer Cat」，簡稱「哆啦醬」。演奏出來的聲音是「咚咚、鏘、咚、嗶一鳴！」（「鳴」的部分是合成音）不知道為什麼有一種被洗腦的感覺。這是只要看過一次，就會讓人產生畢生難忘的恐怖心理障礙玩具。

◀頭部有可愛的耳朵，腳底還特地做出肉球形狀的可愛哆啦醬。

▲甚至還有白色與藍色相互對調的版本。根據店家表示，這隻是「母的哆啦醬」，至於輪廓以藍色為主則是「公的哆啦醬」。

▲臉部張開伸出鼻子之後就會變成大象。簡直跟某個著名童話當中所出現的「小○象」有點類似。

▲市面上還有小熊的版本。
看來這個應該才是始祖。

▲哆啦醬(有一隻是小熊醬)可愛地排列在一起。

▲它會同時讓眼睛跟鼓棒發光並且四處亂竄，
突然停下來的時候就會把臉張開。

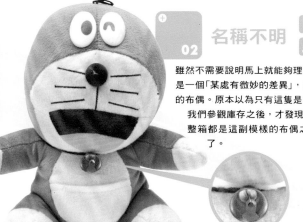

⊕02 名稱不明

👤 約23公分(以坐姿計算)

🔧 布、棉花等　🔊 無

雖然不需要說明馬上就能夠理解這是什麼角色，不過卻
是一個「某處有微妙的差異」，並且越看越令人感到火大
的布偶。原本以為只有這隻是不良品，不過在請店家讓
我們參觀庫存之後，才發現全部都是這張臉！在看過
整箱都是這副模樣的布偶之後，當天夜裡就夢到它
了。

▲就連胖子上的鈴鐺
也不一樣。

▲明明就只是眼睛的位置稍有不同，結
果卻是不可愛到這種程度，實在是令
人匪夷所思。

英雄&動漫角色 ⓪⓪⑦

⊕

Color Bear

 約14公分 　　 PVC

無(頭與手腳皆可動)

03

乍看之下以為是老鼠，不過實際上似乎是一隻熊。「參考某個角色塗裝在毫無特色的熊型玩偶之上」的手法，簡直與日本人氣精品模型『BE○RBRICK』有異曲同工之妙，但是玩偶本身的形狀卻有所不同。由於大圓臉原本是某個貓型機器人的可愛之處，這裡卻硬是把它做成小熊玩偶，因此山寨程度可說是滿分。至於為什麼明明是熊卻看起來像老鼠，問題應該不會是出在當初選擇的角色所致吧？

◀ 其實並沒有固定的商品名稱。除了「Color Bear」之外，還有「POPOBE」等其他的名稱，不過絕大多數就連標籤也都沒有製作，因此正式名稱不明。總之就先稱呼它為「小熊A夢(代號)」吧。

▲ 非常單純的背面，就算是把尾巴塗成紅色也不錯呀…。

blmomo

04 同上

這隻是其他版本的小熊A夢(代號)。似乎為了追求相似度，五官的部分完全無視本身的構造就直接印製上去。至於手腳上有如縫線一般的紋路，該不會是來自於布娃娃的構想吧？

Color Bear

05   同上

◀ 這兩隻是在觀光土產店發現的商品。至於吊環部分似乎是之後才加上去的吧。

▲ 完全無視玩偶本身的小熊鼻子，直接在其他的地方印上鼻子，並且眼睛部分的印刷還稍微能夠看見本身的底色…。

這是「小熊A夢(代號)」的同系列商品。筆者當初發現小熊A夢的時候，市面上並沒有這些同伴角色，但是在粉絲(？)強烈的要求之下，貌似那位「總是在一旁的男生」的「小熊雄(代號)」，以及看似那位「全能妹妹」的「小熊美(代號)」紛紛上市。其實這種系列在市面上有著非常多樣化的型態，與小熊A夢(代號…會覺得我很囉唆嗎？)同樣存在著有無鑰匙圈部分的版本，並且大小從5公分左右的吊環至30公分的巨型角色模型都有販售。

名稱不明
06

約20公分

PVC

無(頭部與手腳可動)

渾圓又可愛的哆啦醬(「貌似Happy Drummer Cat」的簡稱)
這次變成機器人啦…！等一下喔，仔細想想它本來就是
機器人嘛。這種有稜有角的造型設計，根本就是沿用以
日本為首風行亞洲各地的積木角色模型嘛。如果能夠再
做得小一點的話，應該會很可愛吧；但是這種近20公分
大小的體型，就變得很有早期超級系機器人的魄力啦。
另外與本身機能無關，能夠拆下的「拳頭」部分，甚至讓
人不禁聯想到某個超級系的機器人呢。

▶ 背面大致就是這樣。另外紅圓球尾巴以及
脖子上的鈴鐺都是屬於配件的一部分。

這副模樣該不會是想要進行分裂吧？或者是連體嬰嗎？
總之不管事實為何，都是一個非常具有爆點的鬧
鐘。從照片上雖然很難看得清楚，不過鼓起來像
是一顆蛋黃的眼睛實在是非常勁爆。至於鬧鐘鈴
聲不知道為什麼是黏巴達的音樂，一大清早就有拉丁
風情的音樂在耳邊瞬間炸開，相信當事人應該會很爽
快地立刻起床吧。只不過筆者並沒有這樣嘗試。附帶一
提，包裝上還印有凱○貓跟1○1忠狗的插圖，但是不知
道為什麼也都同樣是兩顆頭。

▲ 無論是從造型或是角色特性來探討，要解釋成為
「兩個人並排在一起」實在是有點牽強。

Alarm
Clock
07

約14公分

塑膠製

鬧鐘

Turning
Mascot
回転ん形
08

約6公分(只以本體計算)

塑膠

手機收到訊號
會旋轉

▶ 癱軟無力的手腳，跟本體完全就
像是不同類型的產品。

這個手機吊飾就像是風靡一時的『垂死人偶』那樣，四肢
無力地垂掛在那裡，當手機收到訊號時，就會開始瘋狂
地旋轉…！不過也僅止於脖子以下的部分而已。面帶笑
容的頭部完全不動，只有身體部分不
斷地旋轉，癱軟無力的四肢也會隨之
擺動，讓人不禁覺得這個東西只有
「原以為是屍體卻讓人措手不及開始
旋轉」的功能而已(笑)。另外市面上還
有史○比跟凱○貓等其他的版本。

英雄&動漫角色 009

トラえもん

 約8公分　 塑膠製　 咬人玩具

本來正想說包裝上怎麼會寫有『這個也是遊戲WANI～！』這段「為什麼語末助詞會是WANI」的文字時，才頓悟到原來是把日本販售的『咬○鱷魚（鱷魚日文發音是WANI）』(擅自)改成哆○A夢化的產品。這下子就能夠理解為什麼會有如此這般齜牙咧嘴的造型了，畢竟它原本是一隻鱷魚(真的嗎？)。那雙看似腦袋空空的眼睛，突然一口咬住手指的模樣，實在是給人一股很詭異的感覺。如果真的有這種野生的哆啦，就會是給人這樣的感覺嗎？不對，假使真的有這種東西在野外亂竄，那未免也太恐怖了吧。

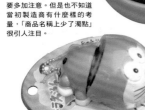

▶ 乍看包裝會讓人誤以為是日本製的正版商品，因此必須要多加注意。但是也不知道當初製造商有什麼樣的考量，「商品名稱上少了濁點」很引人注目。

▶ 依序壓下嘴巴裡的牙齒，就會隨機一口咬住使用者的玩法，與『千鈞一髮的黑鬍○』有異曲同工之妙。

たまごっち (電子雞)

 約7公分　　塑膠製

内藏電玩遊戲、紅外線傳輸

這款紫色哆啦人物模型有著兒童集會海報、雜貨店看板等地方經常出現的「眼睛中間有一段距離版」山寨哆啦。乍看包裝，上面只寫著與內容物毫無關係的電玩遊戲掌機名稱……。不過其實這隻紫色哆啦的臉部能夠打開，化身成為一台打破流言、貫徹包裝說明的真正電玩掌機。難怪這個產品在當地的玩具店中，會陳列在與本身那副窮酸外觀不符的高價商品區裡。

▲ 液晶螢幕就存在於大腦採用「FACE OPEN！」的臉部之中，並且還能夠進行紅外線傳輸。外觀雖然是哆啦，內容物卻不是『哆啦○夢雞』。

▲ 包裝與「電○雞」非常相似，不過公司名稱卻有著些微的變化。

11 發光＆發聲 存錢機器貓　玩法多樂趣

👤 約17公分(哆啦)／約20公分（大雄）

🔧 塑膠製

🔊 會發光＆發聲(哆啦才有)

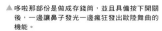

乍看之下是並未有任何奇怪之處的哆啦○夢與大○的角色模型。不過…總覺得大○的部分似乎有點詭異。他的動作可說是非常不自然，並且還頭戴一頂（還不至於）不適合他的遮陽帽。但是當看到包裝一角所刊登的照片之後，一切答案就全部都明瞭了(奇…奇○烈？)。其實這個大○角色模型是從另一部漫畫主角改造出來的呢。確實兩者給人的感覺是有些類似，但是為何要如此大費周章呢？真是莫名奇妙到非常奇○烈(註：不可思議的意思)的一件事情。

▲哆啦那部份是做成存錢筒，並且具備按下開關後，一邊讓鼻子發光一邊瘋狂發出歐陸舞曲的機能。

當拔下這台身材有如布偶裝的哆啦醬頭部之後，會從中出現一名打工的大叔……不對，是會出現電風扇的葉片(fan)。夏天十分炎熱的亞洲地區，在某段時期非常流行這種仿動漫角色外形的迷你電風扇。像這種毫不猶豫扭下角色模型頭部化身為電風扇的高自由度創意，可說是富含十足的亞洲風情。畢竟一般都會直接在頭頂設計一個竹○蜻吧？

▶當按下開關，鈴鐺部分就會發光，葉片也會開始旋轉，裝於葉片中心處的「香氣圓孔」還會散發出一股動人香味。

12 flash star fan 閃星風扇(男生用？)

👤 約12公分(裝上頭部時)

🔧 塑膠製

🔊 電風扇、會發光、有香味

沒有在使用時，也能當成裝飾品掛在脖子上。

⊕

宇宙少年Atom(原子小○剛)

13

 約16公分

 塑膠

無(可動關節)

阿童木榨菜樂趣

我在中國的超市裡發現印有原子小○剛(Atom)的榨菜,至於「阿童木」的發音等同於「Atom」。雖然不明白為什麼榨菜的封面要印上原子小○剛的圖案,不過內容物卻很適合拿來當成是啤酒跟紹興酒的下酒菜喔。

▲ 雖然區分有通常版本以及身體全黑的版本,不過卻完全沒有「身體全黑的版本是超稀有限定商品」的這種事情喔。

在解讀包裝盒上面的記載之後(其實不這麼做也知道),發現這個娃娃臉配上極為不搭調的修長手腳、手持劍與槍的正義英雄,似乎就是原子小○剛。「許久不見,已經長得這麼大啦～」才怪咧,這個模型未免詭異得太過於明顯了吧?由於附贈的武器跟日本特攝英雄所持的武器擁有相同的造型,因此身體非常有可能沿用特攝英雄系列的角色模型比例。

宇宙少年 Atom(原子小○剛)

14

 約16公分

 塑膠製

 無(可動關節)

▲ 目前正在調查它滿臉蒼老的原因,是否與附贈的小怪獸們有關係。

這個商品同樣是在韓國長大成人之後的原子小○剛。相較於先前介紹過的韓國原子小○剛(代號)是依照動畫原著做成娃娃臉,但是不知道為什麼這個卻是做成像是對人生已經感到十分倦怠般的蒼老臉,並且還少了一根角(?)。雖然不明白其中的原因,但是它應該歷盡滄桑、看破紅塵了吧?而且,不明白為什麼裡面居然附贈超人力○王怪獸的橡皮擦。

名稱不明

15

 約16～18公分(根據脖子上方彈簧的伸展狀態計算)

 PVC

無(頭會晃動)

飛○小女警原本的設定是「沒有手指與腳踝的布娃娃體型」(但是在動畫中,其他的登場角色有手指存在),不過這群小女警卻擁有手指。雖然針對「有手指很奇怪耶!」的這一點加以指責也覺得不太正確,不過實際上這些角色模型原本是要做成「不○家PEKO」跟「不○家POKO」、然後只是把頭部換上小女警的模樣而已。因此那種全身穿著吊帶褲以及頭會搖來搖去的彈簧設計,都是先前所遺留下來的產物。

▲ 就像是放置在雜貨店門前的人偶造型般,不斷地搖擺著頭部。

NOVELTY ROBOT

16

 約16公分　　 塑膠製

無線遙控

其實香港人比同世代的日本人更喜歡
『ROB○MAN』。香港在某個時期(ROB○MAN世
代恰巧是在我已經成年了的時候),因為復古風流
行的緣故,因而到處都充斥著『ROB○MAN』的相關
商品。我想這種商品應該就是當時所遺留下來的產
物吧。明明造型上幾乎跟ROB○MAN一模一樣,但是
不知道為什麼卻多了貓耳而且還化身成為藍色,並且
還在頭部裝上警車燈(?)。由於這個商品忠實地呈現出初

期ROB○MAN圓弧的造型,並且還
能夠無線遙控,這該不會是因為深愛
ROB○MAN而出現的產物吧?

◀ 雖然個人非常喜歡滿是
山寨風格的藍色,但是
事實上也有忠實原創的
紅色版本。

就連背後那個宛如特徵一般的
「把手」也都有加以重現。

超級鯊魚巨人

17 　約35公分　　塑膠製　　可變形

經常在動畫與特攝作品當中出現,卻從未被商品化的角
色終於登場。就像是日本特攝作品『B-Robo Kab○tack』
當中出現的「T○ndemojozu」也是其中之一。雖然在故事
中是以敵方最強機體的身分登場,不過很可惜的是沒有
製作成為玩具(似乎打從一開始就沒有計畫要商品化,
就連故事中所使用的布偶裝,也是沿用過去
特攝機器人的配件)。經過數年之後,『B-Robo
Kab○tack』在中國當地的電視台開始播映,中
國的玩具廠商便突然自行製作上市。其實筆
者在某個店家前面發現到的
時候,可說是興奮到心花怒
放的程度呢。雖然做得有些
粗糙,但是仍然忠實地呈現原作
能夠變形的設計。

▲ 除了有35公分的尺寸,
還有相同造型以及機能的
縮小尺寸版(約17公分)。

▶ 能夠變形成為超級模式,
不過並未具備收納小型機
器人在體內的機能。

英雄 & 動漫角色 0 1 3

⊕

18 鐵甲金剛　約22公分　塑膠製　可變形

在亞洲地區只要是高人氣影集，都會有定期重播的機會。因為這個緣故，新山寨商品也會擺放在玩具店的前方進行販售(正版商品也經常會重新販售)，不過有時候會因為「重播的人氣影集」以及「話題性十足的新電影」開播時間互相衝突，以致於造就融合雙方特色的奇妙商品。這邊所要介紹的商品，就是在中國一直擁有高人氣的『B-Robo Kab○tack』當中登場的超巨大Kab○tack，再加上電影版『變○金剛』柯○文所混合而成的商品。

▶給人有一股「變瘦很多的超巨大Kab○tack」感覺的機器人模式。只要更換頭部就能夠變成柯○文。肩膀上的火箭筒則是很有變○金剛當中的音○(SOUND WAVE)風格。

能夠透過更換頭部，來讓外觀近似於其中一種機器人，另外利用附贈的配件，(多多少少)能夠重現其中一種機器人的變形模式。並且變形模式與一部分的配件還有參考『變○金剛』TV動畫版第1部裡出現的音○。不過老實說，這個玩具本體幾乎堪稱是原創的設計，讓人不禁想要大聲吐嘈說「既然如此，就光明正大地製作原創商品嘛」。

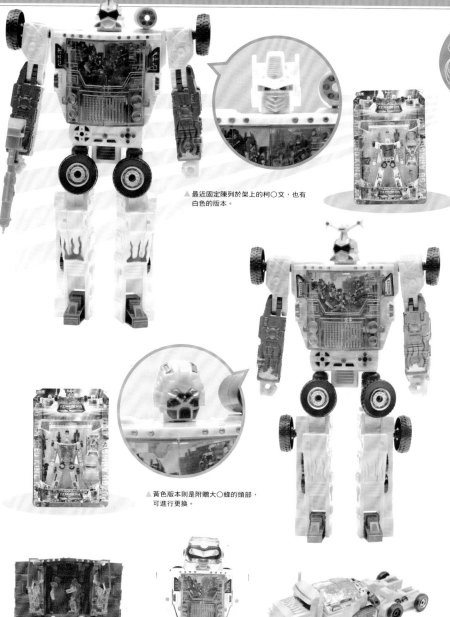

▲ 最近固定陳列於架上的柯○文，也有
白色的版本。

▲ 黃色版本則是附贈大○蜂的頭部，
可進行更換。

▲ 只要使用各種版本的附屬配件，就能夠變形成為看似音○變形狀態的電玩遊戲機，還有變形成為一般模式的超巨大
Kab○tack，以及很像是電影版柯○文的貨櫃車。變形使用的配件則是隨機附贈。

名稱不明 約4公分 PVC 無

19

這個是在韓國雜貨店裡發現到的玩意兒。皮〇丘跟伊〇就這樣被胡亂地塞在連日本雜貨店也都隨處可見的「10元糖果罐」裡。賣家為了讓顧客覺得種類繁多，因此除了基本色之外，也有「紫色皮〇丘」以及「紅色伊〇」等山寨版存在。至於「紫色皮〇丘」讓我覺得很像是醃漬茄子，可能因為它就像是被醃在廣口罐裡的緣故吧？換句話說，紅色伊〇就是醃梅乾囉？

▲ 感覺很像身懷劇毒的紫色皮〇丘，以及看似擅長熱攻擊的紅色伊〇真是山寨風格十足，但是不能夠保證小孩拿到這個東西之後會覺得很開心。

◀ 此處的購買方式跟日本雜貨店一樣，可以直接從罐子裡挑選。不過感覺小孩們應該都會選擇基本色吧。

▲ 這邊是可愛的基本色。

D-PHON

20

約10公分

塑膠製

可以發聲

▶ 電話本體造型是粉紅色的雷〇，不過整體卻有點歪掉了。

雖然商標跟包裝圖樣都是『數〇寶貝』，但是商品本身卻是設計成為『神〇寶貝』的角色；並且看似皮〇丘，實際上卻是雷〇。不過老實說，在日本很少看到以雷〇為樣本的商品，真是一個很重口味的選擇呢。

內容物是山寨版本的『數〇寶貝』電玩掌上遊戲機。此商品似乎是比正版再多加1種遊戲的「IN 1」掌上遊戲機（因損壞而無法啟動）。不過比起內容物，最引人注目的地方是外盒包裝。排在『數〇寶貝』商標底下是『神〇寶貝』的皮〇丘，以及根本不屬於『神〇寶貝』的凱〇貓。就連製造商標「BENDAL」也跟某個日本知名廠商有異曲同工之妙。

▶ 這個商品不管玩家如何培育，也不會變出皮〇丘以及凱〇貓，但是難保哪一天會成真…這正是亞洲玩具的恐怖所在呀。

BENDAL DIGIMON

21

約10公分 塑膠製 液晶螢幕掌機

22 炸彈人

 約4公分　　 塑膠製

 發射球體

當時在小孩之間與『神○寶貝』火紅程度並駕齊驅的人氣玩具，就是發射彈珠的『彈○人』了。至於完全超越製造商彼此之間的嫌隙，融合各方人氣商品正是山寨版玩具的特徵。原以為是皮○丘的黃色老鼠，肚子竟然可以發射子彈！不過發射的子彈並非彈珠，而是塑膠圓球。正當「既然這樣，就發射神○寶貝球不是更好嗎？」的想法從腦中一閃而過，卻又無奈地想到只欠臨門一腳就能夠搔到癢處，這正是山寨玩具的特徵所在啊。

▶ 不知道為什麼包裝上畫著與『神○寶貝』、『彈○人』等無關的動畫角色。

▶ 雖然發射方式跟『彈○人』相同，不過除了準度差，連威力也是弱到「嘆」地一聲從裡面滾出來的程度。

只要把這個戴在頭上，皮○丘就會隨著彈簧晃動，是一種讓人變得極為陽光的風趣時髦髮圈。並且當使用者在兩側盒子裝上電池，就能夠在黑暗中「PIKA」地發出光芒，藉著提升發亮度來引人注目。不過要注意的是…可愛的女孩子與小朋友戴在頭上應該會很受歡迎，但是身材粗壯的大叔拿來戴在頭上，可能會被抓去警察局喔。

23 名稱不明

 約6公分(只計算玩偶的高度)

 塑膠製

會發光

▲「PIKA地發出光芒的Katyusha(髮圈)」簡稱是…？(PIKATYU)

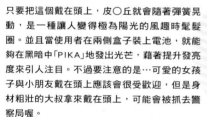

⊕ 專欄　**1.出人意料的中國創意商品**

雖然在日本這是一個使用折紙或是圖畫紙就能夠輕鬆做出來的晴天娃娃，不過在中國卻是一個創意商品，並且以「晴天娃娃完成品」擺放在雜貨店裡進行販賣。外面以布料包住乒乓球的方式製作，下面則是再黏一個鈴鐺。由於還算是挺用心製作的商品，因此就以佩服的心情仔細地欣賞，不過卻發現布料外面印有「へいあん(平安)」以及「わげんきですか」的字樣。值得注意的重點是…並非「おげんきですか(近來可好)」，而是「わげんきですが(第一個字和最後一個字錯誤)」如此帥氣的山寨版日文。

▲ 完成品的晴天娃娃到底是…？這難道是受到現代化的影響嗎？

◀ 布料上那些意喻不明的日文，不斷地挑逗個人的山寨心。

▲ 包裝上寫有「驅邪避凶」、「平安吉祥」、「守護神」等字樣，難道說除了跟天氣有關係之外，還能夠保佑其他的事情嗎？

JOJO的奇妙冒險
MOBILE SUIT IN ACTION!!

24

 約13公分　　 PVC　　無（可動關節）

這個商品是以歷經數世代不斷重複「奇妙冒險」而著名的JO JO劣質角色模型。JO JO的臉看似一副會逐漸變得更為奇妙的狀態。其實亞洲的山寨版角色模型，無論如何都無法重現日本製的高水準塗裝啊。

▲ 包裝上印有與內容物毫無關係的字樣。原來JO JO是M○BILE SUIT啊？

亂馬

25

 約12公分（男）、約11公分（女）

 塑膠製

 無（可動關節）

這個商品是面貌看似很不健康的『亂○1/2』角色模型。無論「男的亂馬」或是「女的亂馬」，特徵都是擁有不禁讓人聯想到五寸釘的陰沉熊貓眼。只不過也有可能是因為「畫有眼線的雙眼」在印刷的時候，不小心造成上下顛倒的狀況吧。

▲ 男女不同狀態的角色模型，各附有熊貓老爸以及黑豬對手的角色模型。

綺麗物語系列

26

 約15公分（預測組裝之後的大小）

 塑膠製　　 組裝模型

■「カソタソ(kasotaso)」這種語感跟「メソ(meso)」有所相通，讓人更有Sexy Commando的味道。「只是カソタソ到底是啥啊～！」

剛開始看到包裝的時候，還以為是『すごいよ！マ○ルさん』的商品有在台灣發售，不過內容物卻是沿用在日本發售的『幽○白書』組裝模型。雖然不管怎麼看都讓人覺得是マ○ルさん的「浦飯の幽使者」非常屬害，但是完全不加思索就被畫成女性（有胸部為證）的簡陋「藏係」更是一絕。至於包裝上所寫的是「山寨日文」這一點，幾乎已經算是家常便飯了吧。

▲ 老實說內容物極為普通，如果做出來能夠像封面那樣才有趣嘛……。

少林寺 功夫小子

約18公分 　　塑膠製 　　全部皆可動

外觀頗似「操使一脈相傳暗殺拳的世紀末救世主」，但是事實上根本是不同的人！因為胸口上並沒有七個傷痕！因此就將它定位成為「完全不是那個人」，並且還做出白人與黑人兩種版本。當然這名角色也有它自己的故事，『存在於中國北方的少林寺一派「北少林」，旗下有3名長相宛如親兄弟的同門師兄弟。中國人名字叫做「天龍」，印地安人名字叫做「老鷹」，美國人的名字則叫做「地虎」。他們下山的目的就是要懲戒所有壞人！(節錄自包裝盒背面)」…哇咧，他不是黑人嗎？

▲ 白人版本也能夠從包裝盒的背面進行確認，這樣做該不會是為了要打入歐美市場吧？

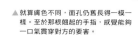

▲ 就算膚色不同，面孔仍舊長得一模一樣。至於那根翹起的手指，感覺能夠一口氣貫穿對方的要害。

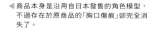

◀ 商品本身是沿用自日本發售的角色模型，不過存在於原商品的「胸口傷痕」卻完全消失了。

28 Color Bear

約14公分(加上耳朵)

PVC

無(頭與手腳皆可動)

不斷推出新產品的軟膠熊系列，這次則是換成某個少年漫畫名作的角色登場…。只是，看似克○的那個角色確實是有點像，不過貌似悟○的那個角色如果缺少了道服上面的「龜」字，根本就只有「這是哪個人物角色模型？」的水準而已。果然「那種髮型」還是非常地重要呀。

▲ 狀似克○小熊所擁有的瞇瞇眼還真是可愛。

29 名稱不明

約19公分(至頭髮頂端)

塑膠製

胸口會發光

相較於上述的產品，這個除了「那種髮型」之外，完全是不同人物的角色模型。依照右邊那個的髮型應該是悟○，但是左邊那個一臉惡棍模樣的人物就身分不明了。難道會是達○嗎？雖然很想要以「這是中國擅自製作的寫實版電影角色模型」來催眠自己，不過台灣與韓國所拍攝的寫實版電影，詮釋主角的演員可都帥多了呢。只是在探討這些問題之前，這個商品真的是「七○珠角色模型」這一點，卻十分令人懷疑。畢竟這些玩意在購買的時候，也只是放在一個隨手寫上「TOY」字樣的塑膠袋裡面而已。

■ 相較於某好萊塢版本，倒還是有模有樣吧…？

SUPER BATTLE

30

 約22公分(至頭髮頂端)   塑膠製   全部皆可動

當初動畫在日本播映的時候，只有販賣「豎起金髮」狀態的全部皆可動角色模型，不過台灣卻擅自推出普通狀態的版本。老實說臉是有點不像，但是在「那種髮型」的魔力影響之下，讓人越看越像的這一點倒是十分厲害。至於包裝上「波一つ(一個波)」這個神秘的字樣，個人推斷是仿自於「カメ○メ波一つ」(龜○氣功，最後的日文單字大小寫不同，意思也相差很多)」最後3個字所寫下來的吧。附帶一提，雖然包裝上寫有「激震サウンド(震撼聲音)」等字樣，但是內容物卻沒有這些機能。

完全無視於包裝字樣的真正意思，就從其他的產品直接複製貼上。

黏貼於道服上的附贈貼紙有3種選擇。

こゆる(koyuru)合金

31

 約14公分   金屬＋塑膠製   可動關節、可穿脫鎧甲

亞洲山寨版玩具大部分都會隨意冠上『超○金』這個字樣(原本是某間玩具大廠的註冊商標)，不過這個商品雖然有相同的漢字，發音卻是「こゆる合金(正確應為ちょう一ごうきん)」。內容物基本上與日本市面上的角色模型大同小異，但是下半身跟鎧甲卻如其名是金屬製品。

▲話說安東尼奧・豬木以前也有被冠上「燃ゆる闘魂(前三字發音同ごゆる)」，只不過跟這個商品沒有關係啦。

32

ST.FIGHTER PEGASUS CLOTH

約33公分　　塑膠製　　電動步行

這個人氣作品不只在日本當地，而是以亞洲各國為起點席捲了整個世界。打開圖樣魄力十足的包裝之後，從中出現一個與包裝圖樣相去甚遠、就連跟日本市面上販售的角色模型也大相逕庭的內容物。與其說它是美少年鬥士，反倒還比較像是一台「呆滯臉孔的機器人」（話說最初發想似乎是取自於十二星座）。像這樣「包裝與內容物完全不像」的情況，在山寨商品的領域中是常有的事，不知道是否因為落差太大而令製造商心生愧疚，因此有標上「內容物與商品稍有出入(Little different)，對不起喔」的字樣。不過重點是購買這個商品的小孩在理解這段英文之後，是否能夠接受這種「Little different」，也就不得而知了。

◀ 幾乎可說是與包裝圖樣完全相反的「戴馬臉頭盔且看似認真的青年」，而且脖子以下不管怎麼看都像是機器人嘛。

▼ 在步行的時候，將宛如老虎鉗的配件裝在胸口上，還會「喀喳喀喳」一開一合。

■ 除了午年(馬)版以外，還確認有丑年(牛)版存在。至於同系列的商品到底發展到那一年，結果仍然不明。

LOS CABALLEROS DEL ZODIACO SWORD

33

約12公分(含滑板)　PVC＋塑膠製

迴力車

▶ 滑板上有著像是吃錯藥所畫下的插圖。至於內容物本身則是像迴力車那樣(向後拉之後就會向前衝)可以往前移動。

▶ 手持斧頭站上滑板之後，完全看不出來是一位「紳士」，反倒還比較像是「奇怪的強盜」。

◀ 包括全身隨性塗裝的紅皮膚紳士(還有其他的顏色)，不知道為什麼整體散發出一股毫無幹勁的感覺。

包裝上所記載的商品名稱『LOS CABALLEROS DEL ZODIACO SWORD』，是指「持劍的十二星座紳士」的西班牙語。至於手中持劍的紳士們踩著滑板四處暴走這一點，實在是令人匪夷所思(其中一個還是拿斧頭呢)。應該是由於原案作品在墨西哥非常流行的時候，嘗試與同時間也很流行的「烏龜忍者」融合在一起，最後因為失去方向性而變成這副模樣。也不知道算不算是設計失誤，人物站立方向與滑板行進方向相反的這一點，也可說是山寨版的特色所在，另外在包裝上那種毫無幹勁的鬼畫符插圖，幾乎可以堪稱是藝術品的水準了。

▲ 宛如藝術品般的包裝盒插圖。不過騎乘機車的那位紳士…他的左手似乎不太妙耶。

SEA
KING

34

 約14公分

 塑膠製
（部分是金屬）

 可穿脫鎧甲
旋轉可動式

◀大象守護神（？）的
「SEA KING」，但是
依然無法理解大象與
SEA到底有何關聯。

▲ 這邊則是「PHANTON」。與原角色模型一樣都有附贈
長劍，而且關節部分則是旋轉可動式。

▲ 包裝盒很有「聖〇大系」
的風格。至於背景所畫
的動物，基本上與內容
物毫無關係。

正當「聖鬥〇〇矢」在台灣很火紅的時候，其他公司的敵對商品『鎧〇(サムラ〇トルーパー)』角色模型，(擅自)使用與「聖鬥〇」系列相似的包裝進行販售。原先以為是「大象星座的聖鬥〇」，但是一看內容物之後，發現根本就沒有大象（雖然在胸口上是畫有大象啦），只有一架色彩鮮豔的武士角色模型而已。如果買到這個玩具的小孩發現盒子裡是一個不同作品的角色模型，內心應該會很複雜吧？但是比起這個，當原商品開發者發現自家商品的某部分被做成(很像是)敵對商品的時候，心情應該會更複雜才對。

ANGeL・SQUad

35

 約14公分　　 塑膠、金屬製　　 可穿脫鎧甲

▲ 裝上鎧甲並且換掉頭部便可以完成變身了。鎧
甲部分是金屬製品，整體設計感也還算是蠻帥
的啦，不過……。

▲ 全系列12種當中的後6種。插圖畫得還算不錯(只
是就年代而言，筆法有點古老)，但是模型本身卻
讓人覺得很失望。

雖然不知道原先是否打算將當時逐漸在街頭巷尾流行起來的「美少女角色模型」，與原本就擁有高人氣的「衣裝系角色模型」進行融合，不過這就是香港玩具小廠(山寨版玩具的粉絲應該都很熟悉)所推出的產品。由於完全抓住流行的趨勢，再加上針對「大小姐系」、「妹系」、「活力系」、「金髮」等萌元素的12名角色，因此不禁讓人同意「商業手法完全正確」，不過內容物那張令人失望透頂的長相，以及幾乎沒有可動功能的單調玩法，再加上製造商毫無知名度(再重申一次，我們這些山寨版玩具的粉絲都很熟悉喔)的關係，讓這個商品毫無話題性可言。但是創意構思還算不錯啦。

在日本只以塑膠模型進行販賣的『天空〇記』完成版角色模型。以當時身為一位想要買到角色模型的人而言，可說是非常地開心；不過模型的組裝方式卻是採用螺絲跟釘子，因此大致上與日本發售的塑膠模型大同小異，但是塑膠模型最大賣點「可裝設於四驅車之上」的機能卻消失了。另外像是頭盔完全黏歪，以及眼睛塗裝過於隨便的部分，說不定反而讓人覺得「既然這樣，自己做還比較好呢」。

▲ 雖然全系列與塑膠模型同樣總共有4種，但是卻沒有看到主角。

36

SHURATO

 約13公分　 塑膠製　 可穿脫鎧甲

37
SPIRIT CHILD

 約17公分(換裝之後)

 塑膠、金屬製

 可穿脫武裝

雖然商品名稱變成「SPIRIT CHILD」，但是外型不管怎麼看都是「鬼神童子ZE〇KI」。雖然原作在日本並沒有販售角色模型，不過台灣的製造商卻擅自上市進行販賣。由於鎧甲等配件都能夠穿脫，因此可以算是「衣裝系的角色模型」；另外鎧甲等部分是金屬製品。至於這部分的技術，應該是長年製作山寨版聖鬥〇商品所培養出來的吧。

◀ 雖然包裝上寫有「NO.1」，但是其他同系列的商品似乎都沒有生產。

▶ 原作在小孩子狀態的時候就已經穿上了鎧甲，因此穿脫鎧甲的功能原本應該算是多此一舉……。

▲ 台灣擁有足以被誤認為是「日製商品」的技術。

英雄&動漫角色　**025**

變形托馬斯(台灣譯名：湯瑪士)
TRANSFORMABLE TOMAS

 約20公分　　 塑膠製　　可合體

2009年的中國玩具店裡，突然出現許多『湯瑪
○小火車』的玩具。看來應該是已經開始在電視
台播放了。不過在細看店門前的玩具時，讓我
嚇到差點眼睛脫窗。因為它居然合體成為一個
非常帥氣的機器人，至於原始構想是來自於香
港玩具製造商所販售的SL合體機器人；玩具本
身則是參考日本變形機器人動畫的設計，不過
沒想到竟然是套上「湯瑪○」。「合體吧！湯瑪○！戰鬥吧！
湯瑪○！」(經常出現的旁白)，但是小火車們合體之後所要面對
的戰鬥對手卻依然不明。

▲胸口與兩肩上都有笑臉的合體機器人。可愛與帥
氣完全不搭調的這一點可說是非常有趣。

▲小火車的配色與原作中登場的主要角色相同，不過車
頭卻全部都是湯瑪○。

▲之後又推出了縮小版本。

◀原本「湯瑪○」的英文拼音是「THOMAS」，
但是包裝上卻寫成「TOMAS」。

39 托馬斯火車
TOMAS TRAIN

 約17公分

🔧 塑膠製

✦ 可變形、合體

▶可變形成為機器人模式，不過很可惜的是無法合體。

▲雖然原始創意是來自於新幹線，不過作品給人的感覺卻比較像是「加上空力套件的小火車」吧？

▲附屬車廂無法變形，無法當成合體配件，就算只與車頭相連也無法做到。

雖然在「變形托馬斯」之後，相繼發售了許多「機器人湯瑪○」，不過沒想到居然也有推出新幹線的版本。原始構想是來自於『勇者凱○』的登場角色。不過由於硬是在新幹線車頭加上一張臉，因此變成臉永遠都只能夠往上看。

40 百變托馬斯
SUPER CHANGE TOMAS

 約21公分　　🔧 塑膠製　　✦ 可變形、合體、發光、有聲

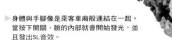

▶身體與手腳像是乘客車廂般連結在一起。當按下開關，臉的內部就會開始發光，並且發出SL音效。

◀這個玩具與原創商品相比，無論尺寸與機能都完全不一樣。

原始創意是來自於特攝作品『魔法戰隊魔○連者』當中登場的SL型機器人。無論是小火車狀態的樣式，以及胸口上有湯瑪○面孔的機器人狀態，幾乎都可說是「湯瑪○機器人」的註冊商標，不過很可惜的是沒有設計成藍色，以及相較於小火車本體，臉的比例有點太大了。

百變托馬斯王
41 SUPER CHANGE TOMAS

👤 約29公分　🔧 塑膠製　🔀 可變形、合體、發光、有聲

變形湯瑪○之中，這個「百變托馬斯王」比起其他的商品可說是大上許多(小火車狀態長度有33公分)。至於原始構想是來自於「電腦冒○記」的主角機器人。包裝盒上的圖樣雖然臉位於胸口上方，不過實際內容物卻是最重要的臉，在變形之後會分開，讓人覺得有一種多餘的感覺。

▲ 在機器人狀態下，多出來的臉滾倒在旁邊，不會很奇怪嗎？

▲ 由於多了鼻梁，給人不太像是「湯瑪○」的感覺，反倒還比較像是「愛○華」耶？

◀ 原作玩具所擁有的電視連動機能被省略，改成SL音效與發光的機能。

百變托馬斯　消防車
42 TOMAS FIRE ENGINE

👤 約15公分　🔧 軟質塑膠　🔀 可變形、模擬實境玩法

看了這個之後會讓人覺得「有必要連這個也做成湯瑪○嗎？」的消防車型湯瑪○。原始創意是來自於『變形吧！變○金剛』的3段式變形機器人。由於這是把變成水槽車的原作玩具，硬是修改成為「有湯瑪○臉孔的消防車」，因此變形的時候會多出大量的配件。

◀ 商品裡還有附贈交通號誌、護欄等城鎮情境配件，以及「百變托馬斯」的紅色車廂。

▲ 能夠做到消防車、機器人以及飛機等3階段的變形模式，只是每次變形都會多出大量的配件。

43

 約33公分（全長）　🔧 塑膠製　🔊 電動行走、有聲

勝利號 新干線 鐵道組合

▲ 原始創意是來自於『Pla-r○il』。第2節的煤炭　　▼ 雖然人氣漫畫『航○王』確實有「在海上奔
　車廂有內藏發聲機能。　　　　　　　　　　　　　　走的SL」登場，不過兩者當然毫無關聯。

在中國販賣的「山寨版湯瑪○」並非全部都是變形玩具。明明商品名是「新干線(新幹線？)」，不知道
為什麼卻是一台海盜造型的小火車。仔細看那個「戴有草帽的骷髏頭」海盜標誌，想必是打算偷沾某
個日本人氣漫畫的光吧。

44 火車總動員

 約35公分(全長)　🔧 塑膠製　🔊 電動行走

▲ 雖然原始創意是來自於『Pla-r○il』的商品，
　但是各部位的構造都有進行簡化。

這是一個商品名為『火車總動員』的湯瑪○。正當想說是什
麼東西要總動員，在看了貨櫃之後便豁然開朗。火車運送
恐龍確實可能有總動員的必要。

◀ 車頭後方則是連結關住恐龍的柵欄。這到底是設定成什麼樣的世界觀呢？

迷你小風扇

45 約10公分　塑膠製　電風扇

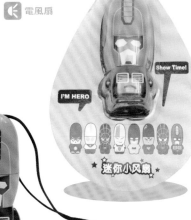

打開爆笑Q版英雄的詭異加長型腦袋之後，就會變成一個攜帶式的電風扇。整個系列都是美國動漫角色以及日本著名英雄，就連變形機器人作品都有包括在內的重口味選擇。由於Q版的品味還算不錯，在沒有當成電風扇使用的時候，也能夠掛在脖子上當成裝飾。如果能夠確實取得版權進行販售，感覺會是一個連日本也都暢銷的商品呢。

▲整個系列還有『蝙○俠』、『閃○俠』以及『超人力○王』等。

46

 約33公分（全長） 🔧 塑膠製 ⬅ 電動行走、有聲

SPIDER-MAN 2

雖然看似是一個塞滿劇場版『蜘○人』角色模型的商品組合，但是卻有一架未曾見過的戰鬥機盤據中央。正當一邊想著「咦？電影裡有出現過這個嗎？」一邊拿在手中觀察的時候…赫然發現這個居然是可變形的機器人！這下子可以肯定電影裡絕對沒有出現過這種戰鬥機(如果有的話，一定會印象深刻吧)。原本沾沾自喜覺得自己賺到了一架變形機器人，不過後來發現最重要的角色模型都是一些粗糙的便宜貨，最終果然還是令人失望不已。

▶變形機器人完全沿自於『變○金剛』，就只有配色比較像而已。

47

MINI PLASTIC RAIL

約33公分(全長) 🔧 塑膠製

⬅ 電動行走、會發聲

狀似『湯瑪○小火車』車頭有張臉的SL，後面所連接的台車(不是車廂)則載有2名蜘○人。明明蜘○人都已經做成二頭身了，卻是一張毫無Q版設計的臉孔，那副詭異的表情實在是令人覺得莫名奇妙，而且粉紅色的鐵軌與花俏的SL一點都不可愛。就某種角度上而言，幾乎可說是「總之就讓人氣角色坐在(台車)上面吧」的一種製造者思緒，然後將之原封不動表現在玩具上的一個商品。

▲市面上還有存在以相同概念所製作的軌道車以及「超人力○王」版本。

BATmAn

48

約12公分(人物)
約11公分(機器人)

塑膠製

可變形(機器人)

▼機車的構想是來自於『勇者王我○凱牙』當中登場過的角色。

這是蝙○俠與SF造型機車的組合商品。其實蝙○俠搭配SF造型機車還挺合適的呢,只是這個機車的詬病就是「無法乘坐」。不過這樣也是理所當然啦,畢竟這個東西就是沿用自日本的變形機器人作品,而這作品本來就沒有設計成為可搭載角色模型的功能,當然也就沒辦法讓蝙○俠騎上去啦。不過也因為如此,這個機車能夠變形成為機器人啦。

BAT CAR BOT

49 約15公分   塑膠製   可變形

▼汽車模式很像劇場版「蝙○俠大顯神威」的版本。

「讓蝙○車變形成為機器人」的梗,對山寨版玩具來說,已經成為一個定型化的創意(最近在「原作」中也登場了)。依照汽車型態以及機器人型態的造型,還有變形模式來加以劃分,市面上存在著各式各樣的「蝙○車機器人」,但是在當中擁有「最卡哇伊的長相」就非這個傢伙莫屬了。那張與其說是蝙蝠,反倒完全像是一隻笨狗的機器人(而且還是下垂眼)臉,讓人看了不禁怦然心動。至於那具修長的身體,說不定也是魅力所在的喔?

▲不知道為什麼胸口上的標誌不是蝙蝠,而是一隻怪鳥(?)。老實說也挺像是一隻蝦子的啦。

WANGON BOT

50 👤 約9公分　🔧 塑膠製　🔧 可變形

這是一架在機器人狀態時，不知道為什麼擁有一張「嬰兒肥」長相的蝙〇車機器人。就像是一位擁有水腫下巴的傢伙，所扮演的蝙〇俠吧，變形成為一輛敞篷車兩側貼有尖刀的蝙〇車，給人的感覺與其說是「蝙〇俠的……」，還比較像是「搞笑電影的……」一件商品。話說商品名稱是「WANGON BOT」，所以它不是「BAT」也不是「MAN」喔。

▲ 與其說是嬰兒肥的蝙〇俠，「FAT MAN」好像還比較貼切吧？

BAT BOT

51 👤 約9公分　🔧 塑膠製　🔧 可變形

▼這個玩具的創意是來自於廉價變形玩具『BAT R〇BO』，是一個以日本為首行銷至各國的商品。對山寨玩具的粉絲來說，是一個超重要的商品喔。

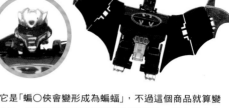

原本以為它是「蝙〇俠會變形成為蝙蝠」，不過這個商品就算變形之後，也只是一隻保有蝙〇俠臉孔的「人面蝙蝠」，實在是令人大失所望。確實這個玩具的創意是來自於蝙蝠能夠變形成為機器人的商品，但是由於機器人型態的臉孔毫無變化，因此把蝙蝠臉換成蝙〇俠臉，可以說是它失敗的地方。不過幸好這個商品在蝙〇俠臉的下面，狀似內藏機體的地方收納著原機器人臉孔，讓它可以變得像是「生化蝙〇俠」的樣子……感覺上這樣也算是挺帥的吧？

英雄&動漫角色 ❶ ❸ ❸

⊕

BAT SUPERMAN

52

約20公分(人物) 約16公分(機器人)

塑膠製

可變形(機器人)

▶附屬在裡面顏似蝙○車的交通工具雖然能夠變形成為機器人，但是在機器人型態下與其說是蝙○俠，反倒比較像是銅○。

▲附屬的迷你車造型雖然是蝙○車風格，不過也只是將造型相似的現貨(大眾版山寨商品)同捆在一起而已。

雖然是一個看了會讓人覺得「他到底是蝙○俠還是超○呢？」如此令人質疑的商品名稱，不過內容物誠如各位所見，是蝙○俠的山寨商品。不知道是否因為參考「Leg○ndz」所設計的角色模型Q版化失敗的緣故，非但身體沒有肌肉，手腕簡直還瘦到像是皮包骨，以及怪物般左右不對稱的翅膀等這些與設計初衷不同的部分，給人有一股很詭異的感覺。重點是還犯下不小心誤把眼睛部分當成「眉毛」，最後只得在下方補個眼睛的爆笑失誤。

SUPER MAN GREAT

53

塑膠製

無(可動)

約15公分(5個都一樣高)

包裝上的商品名稱雖然是「超○」，不過內容物卻是5個「蝙○俠」。就如同P31所介紹的蜘○人一樣，在亞洲山寨版的商品裡，經常可以見到本來應該分開販售的角色模型變成同一套進行販賣，不過像這樣把5個完全一樣的人物模型同捆販賣倒是很少見。說不定原本的用意是可以與朋友分享，或是以「嚇到了吧？蝙○俠可不只是1個人，其實是5胞胎啦！」如此獨特的設定來遊玩呢？

▲從左邊開始依序是「BAT M○N」、「BIT MAN」、「BUT MAN」、「BET MAN」、「BOT MAN」…以上都是鬼扯的啦。

◀機車機器人的顏色也同樣為了配合機〇戰警而有所改變。

宛如機器人警察的「超級警察」，胯下的機車可以變形成為機器人！只是超級警察的造型不管怎麼看都是機〇戰警，機車機器人則是變〇金剛。雖然機車機器人已經有針對原創尺寸再加以擴大，不過位在超級警察的胯下還是稍嫌太小了。可能原本的用意是為了讓機器人型態與超級警察有差不多尺寸的緣故吧。

鐵甲威龍 之超級警察

54 👤 約21公分(英雄) 約20公分(機器人)　🎨 塑膠製　🔧 可變形

ELECTRIC ROBOCOP

55 👤 約30公分(英雄機器人) 約11公分(烏龜英雄)

🎨 塑膠製　🔧 會發光、發聲

▶光看包裝盒會讓人完全以為是機〇戰警的商品(插圖中的武器是吉〇所有)。打開外包裝盒之後，則有狀似日本DX玩具的內蓋。

明明包裝上有機〇戰警的圖畫，而且商品名稱也是『ROBOCOP』，內容物不知道為什麼卻是『機動刑事吉〇』。其實『機〇戰警』是受到日本特攝英雄『機動刑事吉〇』等作品的影響，而這個『ROBOCOP』又受到『吉〇』影響的緣故，就某個角度上來說，就有如祖歸宗的一件商品。至於為什麼又有『忍〇龜』的角色模型附加在裡面，完全讓人一頭霧水……。

NINJYA TURTLE ROBOT

56 👤 約17公分　🎨 塑膠製　🔧 發射拳頭

『銀河疾風薩〇萊卡』的制式規格玩具，再加上『忍〇龜』的頭部以及龜殼等，就顯得有模有樣的一件山寨商品。1台機體擁有4位忍〇龜的所有武器……正當以為如此，卻發現裡面沒有附加忍〇龜使用的棍棒(苦笑)。

▲雖然裡面有許多附加武器，不過這裡還是想要依照原作進行設定，藍頭巾就是使用二刀流。

57 變形合體機器人・アルバトロス(albatross)

約33公分(裝上午年【馬】頭部的時候) 塑膠製 可變形、合體

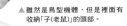

▲ 雖然是鳥型機體,但是裡面有收納「子(老鼠)」的頭部。

▶ 原創玩具明明是獅子,在這裡卻成為了紫色的「寅(老虎)」。

▶ 機器「丑(牛)」。只有身體是機器,頭部卻是超不搭調的漫畫風格。

▲ 硬是將「辰(龍)」、「卯(兔)」、「未(羊)」3種角色的頭部拼湊起來的機器人,造就成為這副裝滿3顆頭顱的奇妙造型。

▼「巳(蛇)」則是被塑造成為一把劍。

▲ 上面有「戌(狗)」、「酉(雞)」以及完全不像的「午(馬)」。雖然原創玩具的左右腳不同形狀,不過在アルバトロス除了裝飾之外還能夠完全共通。

▲ 包裝上有著「KBSTV播放」以及版權等標示,在韓國境內完全被當成是正版商品。

日本動畫『十二生肖爆○戰士』只有在NHK
BS播放。是一部在日本當地只有少數死忠
粉絲支持的作品。但是在無線電視頻道播放
的韓國，卻成為了極受一般小孩喜愛的人氣
作品。因此韓國當地的市面上，充斥著許多
並未在日本販售的十二生肖爆○戰士商品。
其中又以「變形合體機器人・アルバトロス」
堪稱是主流玩具的商品。不過這個玩具的
本尊，其實是以日本特攝英雄『超力戰隊王
○者』的機器人為基底，然後把十二生肖爆

▶ 甚至還附有說明書以及
人物角色設定圖。

○戰士所有角色裝飾上去的商品，根本沒有在動畫中登場過。本來只是5機合體的機器人，硬是加上
十二生肖(爆○戰士)角色的結果，就成為了「漫畫風格的頭分布在各個部位上」如此前所未見的造型。

▲ 可在「子(鼠)」的頭部裝上天
馬、「申(猴)」、「辰(龍)」等
各種頭部配件。

◀ 腳部後側則裝有「亥(豬)」跟「申(猴)」的頭。

POWER MAG ROBOTIC FLIGHTER

58

🚶 約17公分　　🔧 塑膠、金屬、磁石

🧲 磁石相吸、組裝變形、變身

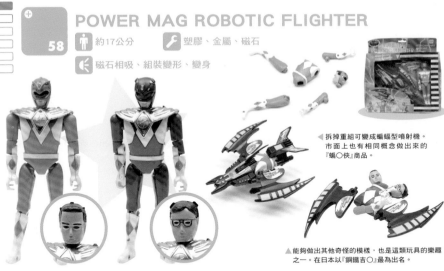

◀ 拆掉重組可變成蝙蝠型噴射機。
市面上也有相同概念做出來的
『蝙○俠』商品。

▲ 能夠做出其他奇怪的模樣，也是這類玩具的樂趣
之一。在日本以『鋼鐵吉○』最為出名。

這是一個搶搭世界鉅作・『金○戰士』順風車的商品。以曾經在日本發售過的內藏磁石角色模型『デスク○ス(DESUKUR○SU)』為基底，改裝成為金○戰士的模樣而已。這個商品與原創玩具一樣，各關節都是以磁石吸黏，因此可以分解重組。並且還有在頭部內側設計「變身之前的臉孔」，達到「變身玩法」的樂趣。

JET KING ROBOT

59

🚶 約25公分　　🔧 塑膠製　　🧲 可變形

以下兩種商品在機器人模式的造型，都是透過日本戰隊英雄作品中出現過的機器人設計而成，但是能夠單體就變成油槽車以及消防車的部分，則與原始設定有所差異(原始設定是噴射機等載具合體成為巨大的機器人)。只不過內容物都與包裝盒上的帥氣插圖有所出入，就算說得再好聽，也實在讓人完全看不出是「改自於戰隊機器人」的造型。

▲ 勉強能夠透過胸口上的鳥型浮雕
辨識出原創作品，除此之外可說
是完全不同的作品。

ALPHA ROBOT

60

🚶 約25公分

🔧 塑膠製

🧲 可變形

▲ 從照片中很難看出來，其實是25公分的
大尺寸玩具。

ReaL DISTORTION SUPER

61

 約14公分(英雄) 約16公分(機器人)

塑膠製

可變形、發聲

◀仔細觀察就會發現手的位置
其實很怪，另外手機機器人的
尺寸也太大得很詭異。

◀胸口上的標誌就只有「1」跟「4」，並
且原有的粉紅色英雄也行蹤不明。

雖然這是一個內含『特搜戰隊刑○連者』角色模型，以及可以變成手機機器人的組合商品，不過手機卻
是另一部動畫『救難小○雄』的商品。原本毫無關係的兩種角色被修改成為像是「英雄擁有手機機器人」
如此這般的合成圖印製在包裝盒上。

假面英雄家族-5
(台灣譯名：
假面騎士)

62

 約12公分

塑膠製

無(可動關節)

▶由於破○人(HAK○
IDER)的頭罩被省略
了，整個腦袋就這
樣暴露在外面。

封面上雖然寫著「10名歷
代假○騎士全數網羅」，不
過裡面卻只有7名假○騎
士，以及3名非假○騎士的英雄。話說這倒是首
次聽說他們是一家人呢。

宇宙超人

63

 約41公分

塑膠製

會發光、發聲

◀胸口上的圖案，簡直就
像刺青。

這是一名胸口上印有龍標誌的
神祕英雄。雖然紅與金的配色
很有中國風味，不過其實它的本尊是融合許多
『假○騎士』的造型。從商品名稱與標籤的印刷
來推斷，比起假○騎士更應該像是超人力○王
吧。

ReaL DISTORTION SUPER

64

 約20公分　　塑膠製　　可變形、會發聲

▼假○騎士的頭部可以換成在
『5○5』中登場的假○騎士。

它是由戰隊英雄變身時使用
的道具，再結合「手機會變成
人型及動物型」的這種理念所
製作而成的商品。由於動物
頭部是做成「假○騎士」的模
樣，因此成為「手機會變成人
型與四隻腳在地上爬的假○騎士」這種天下
第一怪異的神奇商品。

▲特地設計在身上的假○騎士頭部，
變形之後居然是夾在兩腿中間！

英雄＆動漫角色 039

超星合體 約28公分 塑膠製 可變形、合體

65

以『超○神系列』第3部之姿於電視台播放的日本特攝英雄『超○艦隊X』，在台灣與韓國等亞洲地區也是非常受到歡迎。只要有人氣作品播映，以假亂真的商品也會隨之誕生，可說是亞洲山寨玩具的特點。不過最近似乎卻吹起了一股「官方並未存在之獨特商品」的捏造風潮。簡單來說就是擅自將超○艦隊X中「本來不會合體」的變形機器人進行合體。而且無論是合體機能與合體後造型都有原作的風格，完全捉住機器人粉絲的胃口，並且似乎還讓亞洲地區的小孩們一邊抱持著「這款機器人什麼時候會登場呢？」的心情，一邊欣賞原作動畫。當然這款機器人絕對不會在原作裡登場。單就這個角度而言，這還真是一個罪孽深重的商品呀。

▲市面上有28公分與18公分
兩種尺寸。兩者都有共通的
合體方式。

■合體是以獅型機體為中心，鷹型機體是胸部以及兩手臂，
甲蟲型機體則是雙腳，而且各機體也能夠單體變形。

超星艦隊 X

66

 約23公分　　 塑膠製

 可變形、合體

雖然這個與左頁的「超星合體」有著相同概念，不過這是加上原作後半段登場的2架機體，所形成的5機合體。由於機體數量增加的關係，各個機體做得較為粗糙，合體方法也隨之簡化，並且還因為把當做本體的獅型機體各自搭配2架機體的奇怪方式進行販售，導致想要湊齊5架機體就非得購買2組才行，另外獅型機體還會多出1架。多出來的獅型機體該不會是拿來備用的吧？

▼市面上分別存在獅型機體搭配「鷹型機體＆鯊型機體」以及「甲蟲型機體＆鑽頭型機體」2種組合商品，兩者都須購買才能夠達成5機合體。

■合體是以獅型機體為身體，鷹型機體與鯊型機體是兩手臂，甲蟲型機體跟鑽頭型機體則是雙腳。

快打旋風

67 👤 約11公分　🔧 PVC　🔈 無

這是過去風靡全球的格鬥遊戲「快○旋風 II」的角色模型。雖然目前就算是日本，市面上也有這種系列的各式各樣角色模型，不過由於官方當時幾乎都沒有推出，因此完全可以說是原創商品。

◀ 不知道為什麼每個角色都不是擺出必殺技姿勢，而是立體化的待機姿勢。鑽頭飛踢的塔○錫，倒是挺活靈活現的呢。

WORLD FIGHTER

68 👤 約5公分　🔧 PVC　🔈 實境玩法

這是一個把場景做在電玩手把形狀的盒子裡，搭配迷你尺寸角色模型一同販賣的商品。角色模型是沿用彩色化之後的日本轉蛋商品，背景則是稍加修改過的電玩舞台場景。

▶ 這個商品的背景讓人想起拜○的關卡。真可惜裡面不是附贈這個角色。

▶ 打開手把，放入配件與角色模型就可以重現電玩場景。

三国志

69 👤 約15公分　🔧 PVC　🔈 無(可動關節)

■ 商品除了劉備與關羽之外，張飛也有在市面上發售。

既然是最原始的三國志，很難想像在日本推出的「兒童用三國志角色模型」居然有在市面上發售。雖然包裝上只寫著「三国志」，不過依照角色模型以及包裝插圖看來，可以了解創意是來自於日本製的劇照(動畫版本)。

▶ 先不管是否有與日本官方聯繫，總之在韓國這是個領有版權的正規商品。

70 微星小超人

約19公分

塑膠製

無(可動關節)

山寨玩具有時候會依照情況，將原版玩具放大或是縮小。雖然將原本只有8公分左右的角色模型放大兩倍以上極具笑點，但是把本來就以嬌小為賣點的「微星小○人」拿去放大，根本就是本末倒置吧！

71 ピグワン トンキ
(躲避球王 トンキ)

約19公分

塑膠製

無(可動關節)

讓日本小朋友掀起躲避球風潮的『鬥球○彈平』，在韓國也同樣是人氣作品。雖然日本不常將這類運動漫畫角色做成玩具，不過韓國卻自行做成角色模型，並且加以販售。裡面所附贈的躲避球也有著與原作品同樣的符號。

72 flash star fan
閃星風扇(女生用？)

約12公分(裝上頭部時)

塑膠製

電風扇、會發光、有香味

這是在P11介紹過哆啦○夢風扇的凱○貓版。這個商品與哆啦○夢相同，只要狠心扭下身穿清涼比基尼的凱○貓頭頂，就會變成攜帶用的電風扇。

▲ 雖然哆啦○夢版的燈是在鈴鐺的位置，但是凱○貓卻在脖子空無一物的地方發亮。難道是長瘤嗎？

▲ 跟有如身體拉長的哆啦○夢不同，體型正常到令人意外的程度。不過像是沒有睡飽一般、充滿血絲的眼睛倒是很令人很在意。

73 爬行女娃

約17公分

塑膠製

會行走、發光、發聲

以一句話來形容它就是「一點都不可愛！」，而且說穿了根本是讓人覺得「很詭異」。給人如此印象的這個幼兒玩具，會一邊讓手腳與蝴蝶結發光，一邊手舞足蹈在地上四處亂跑。就算它不斷地發出「媽咪－爹地－I Love You－」，也依然無法改變什麼。反倒還讓人覺得「很恐怖」。看樣子創意應該是來自於點心界的偶像－「不○家PEKO」。

◀ 那雙快要睡著的眼睛，基本上在啟動電動行走時，偶爾會稍微再張開一點。

▲ 身為搭檔的小男生也有販售。

◀ 為什麼手腳會發光呢？至今仍然是謎。

➕ 專 欄

2.哈薩克共和國的玩具

經常碰到有人問說「俄羅斯等地區也有山寨版的玩具嗎？感覺似乎挺多的耶」（實際上本書的編輯也有問過我這個問題）。由於自己一直都沒有機會前往俄羅斯，因此對當地玩具的情況無法知悉。不過日前終於讓我有機會得到哈薩克共和國的玩具以及情報，藉此見識到一些鄰近俄羅斯地區的玩具（哈薩克共和國是一個與俄羅斯、中國邊境相連的舊蘇聯國家）。哈薩克共和國的玩具店以中國製商品居多，所以人物角色商品當然也都是一些沿用日本等地作品的山寨版商品。真要說當地的獨特之處，就是市面上有很多義大利玩具廠商製作的槍械，以及很多中國製玩具的包裝（算是理所當然啦）都更換成為俄語標示。雖然內容物同樣都是中國製的商品，但是這些商品在俄語系國家出現卻給人一種很奇怪的感覺。

▲ 這是開在哈薩克共和國地下道的玩具店。由於當地非常寒冷，地下街可說是非常發達。

▲ 雖然威力跟日本雜貨店販售的玩具槍差不多，但是當中也有狀似機關槍以及裝填火藥等寫實機能的商品存在。

▲ 以上都是中國常見的山寨玩具，直接沿用日本的人氣角色。

▲包裝上所寫的這段俄語「ТРАНС ФОРМЕРЫ」，就是「變○金剛」的意思。

▲ 包裝盒的背面說明文也全都是俄語。至於商品本身是日製縮小版的中國玩具。

(2章) 巨大英雄

我在當地認識一位喜歡日本英雄作品的小朋友，其中又以「超人力〇王」是他的最愛。當他知道我是玩具收集家之後，便秀出了自己的寶物。有關節鬆脫的角色模型、獨臂英雄等，其中最經典的是本體已經不知去向，只剩下一隻右腿的英雄。其實品質低劣的亞洲英雄角色模型，在精力旺盛的小朋友手上連續玩一個星期，最後幾乎都一定是四分五裂、五馬分屍。儘管如此，它們依然是孩子們最重要的玩伴。小朋友一面笑瞇瞇地說「叔叔操縱怪獸，我來操控英雄」，一面拿著只剩下一條腿的英雄，對我手中的怪獸(鱷魚型的水槍)發動超級飛踢。

- 🧍 尺寸
- 🔧 主要用料
- 🎛 內藏機能

高斯巨人金剛

01

👤 約18公分(英雄) 約23公分(機器人合體時)

🔧 塑膠製

🔆 會發光(英雄) 可變形、合體(機器人)

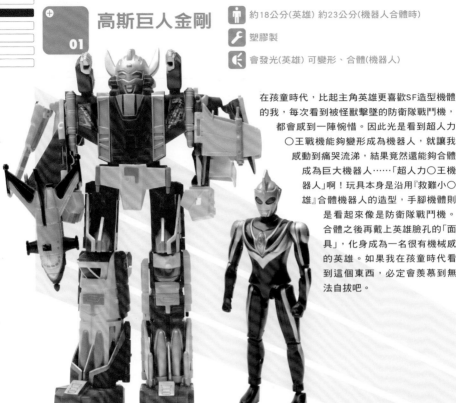

在孩童時代，比起主角英雄更喜歡SF造型機體的我，每次看到被怪獸擊墜的防衛隊戰鬥機，都會感到一陣惋惜。因此光是看到超人力〇王戰機能夠變形成為機器人，就讓我感動到痛哭流涕，結果竟然還能夠合體成為巨大機器人……「超人力〇王機器人」啊！玩具本身是沿用『救難小〇雄』合體機器人的造型，手腳機體則是看起來像是防衛隊戰鬥機。合體之後再戴上英雄臉孔的「面具」，化身成為一名很有機械感的英雄。如果我在孩童時代看到這個東西，必定會羨慕到無法自拔吧。

▲除了5機合體成為一台機器人之外，還有1架飛機能夠當成手中的槍來使用。

▲市面上確認有BOX版本以及罩裝版本2種販售方式。武器的配色也存在著2種樣式。

▲這是獨立販賣版本的包裝盒。每盒都有附贈一隻角色模型。

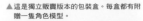

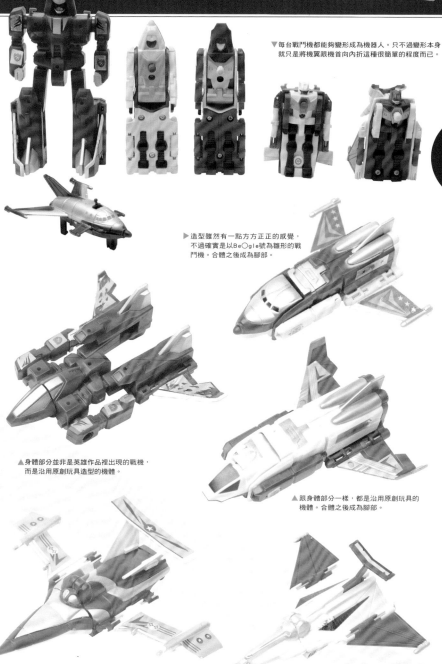

▼每台戰鬥機都能夠變形成為機器人。只不過變形本身就只是將機翼跟機首向內折這種很簡單的程度而已。

▶造型雖然有一點方方正正的感覺，不過確實是以Be○gle號為雛形的戰鬥機。合體之後成為腳部。

▲身體部分並非是英雄作品裡出現的戰機，而是沿用原創玩具造型的機體。

▲跟身體部分一樣，都是沿用原創玩具的機體。合體之後成為腳部。

▲Macharr○w型的戰鬥機。合體之後成為手部。

▲造型上擁有該特徵的超鷹(Ultr○ Hawk)型戰機。合體之後成為手部。

奈克瑟斯

02

約32公分(合體時)　　軟質塑膠製

可變形、合體、會發光、發聲

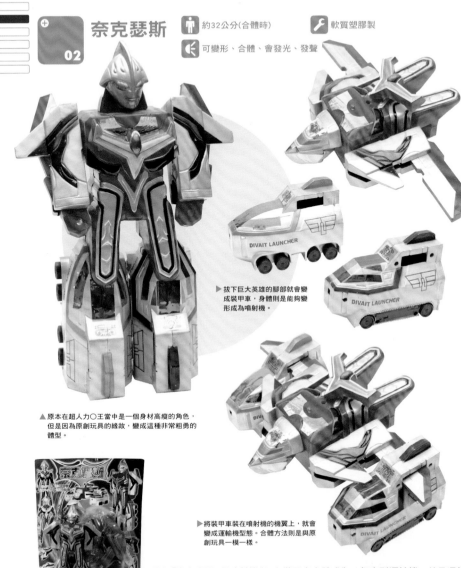

DIVAIT LAUNCHER

▶拔下巨大英雄的腳部就會變成裝甲車，身體則是能夠變形成為噴射機。

▲原本在超人力○王當中是一個身材高瘦的角色，但是因為原創玩具的緣故，變成這種非常粗勇的體型。

▶將裝甲車裝在噴射機的機翼上，就會變成運輸機型態。合體方法則是與原創玩具一模一樣。

這個「奈克瑟斯」是噴射機與2台裝甲車合體成為一架大型運輸機，並且還能夠變成巨大英雄的一件商品。至於它所沿用的原創玩具，則是與上一頁所介紹的「高斯巨人金剛」相同，都是在『救難小○雄』中登場的角色。其中造型上並沒有類似防衛隊的機體，英雄狀態的胸口造型獨具特色，噴射機狀態下的尾翼非常顯眼…這些創意都非常有趣，只不過由於胸口配件是使用不透明素材的緣故，就算有搭載伴隨著聲音而且會發亮的LED機能在胸口上方，依然完全看不到發光的這一點實在是非常可惜。

超人閃光音樂摩托車

03

👤 約21公分　🔧 塑膠製

🔊 會行走、發光、發聲

▲ 總覺得超人力○王跟機車搭配起來，
好像不太適合。

這台怪異的機車與搭乘的英雄擁有相同長相，並且為了配合英雄的尺寸，成為了一台霹靂無敵巨大的機車(明明可以把超人力○王縮小成為人類尺寸呀)。只要按下開關就會讓手把發光(為什麼是手把？)，並且發出「滴答滴答」這種宛如計時聲響的主題曲、縱橫無阻地趴趴走。只是總覺得這麼巨大的機車如果像暴走族到處亂衝，一個不小心造成的災情似乎比怪獸還要來得更為慘重……。

超人歸來

04

🔧 塑膠製　　👤 約27公分

🔊 會行走、發光、發聲

▶裝在腳部附近的寶特瓶也有
超人商標。

▶讓人不禁從日常生活中看到非日常景象的破天荒
造型。但是說不定在故鄉星球上會是一種常見的
景象吧。

這個商品是主打「寫實造型的超人力○王騎著寫實造型的腳踏車(附輔助輪)」。當按下開關還會不斷地發出「噹噹──」的腳踏車鈴聲，並且伴隨著演歌般的曲調猛烈向前狂奔而去。當然超人力○王隨著前進而非常寫實地踩著踏板，只是有必要衝得這麼快嗎？難道地球陷入危機了嗎？既然如此，乾脆用飛的不就好了呀。

▲裝在車體後方的箱子
會發光。

05

超人家族 地球衛隊

約28公分　塑膠製

可變形、合體、變身

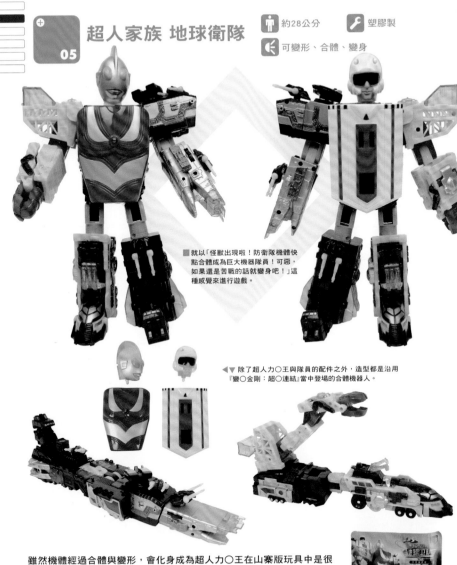

■ 就以「怪獸出現啦！防衛隊機體快點合體成為巨大機器隊員！可惡，如果還是苦戰的話就變身吧！」這種感覺來進行遊戲。

◀▼ 除了超人力〇王與隊員的配件之外，造型都是沿用『變〇金剛：超〇連結』當中登場的合體機器人。

雖然機體經過合體與變形，會化身成為超人力〇王在山寨版玩具中是很常見的一種現象，不過像這種宇宙戰艦與巨大怪手車輛合體之後，會變成一名巨大的防衛隊隊員，這樣就可說是一個非常令人噴飯的創意了。當然還是能夠透過交換配件來變身成為超人力〇王，只不過超人造型的胸部配件就這樣裝在隊員的背上，置換的配件就只有頭部而已。像這種只要本體前後交換一下就能夠變身的設計，可說是非常親切。但是巨大機器隊員能夠變身成為超人力〇王的這一點，老實說還真是讓人一頭霧水啊。

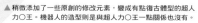

06 百變超人

約27公分(英雄)
約21公分(機器人)

塑膠製

會發聲、發光(英雄)
可變形(機器人)

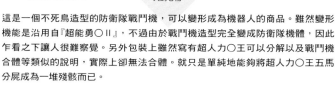

▲稍微添加了一些原創的修改元素,變成有點復古體型的超人力○王。機器人的造型則是與超人力○王一點關係也沒有。

▲原創戰鬥機的造型雖然看似能夠變形成為機器人,不過其實在原作中卻是無法變形。老實說不難理解想要把它做成機器人的心情。

這是一個不死鳥造型的防衛隊戰鬥機,可以變形成為機器人的商品。雖然變形機能是沿用自『超能勇○Ⅱ』,不過由於戰鬥機造型完全變成防衛隊機體,因此乍看之下讓人很難察覺。另外包裝上雖然寫有超人力○王可以分解以及戰鬥機合體等類似的說明,實際上卻無法合體。就只是單純地能夠將超人力○王五馬分屍成為一堆殘骸而已。

宇宙英雄

07

約31公分(英雄)
約14公分(機器人)

塑膠製

會發聲、發光
(英雄與機器人皆可)
可變形(只有機器人)

這個商品的長相與超人力○王稍微不同,並且附有一台小型機器人。只要按下超人力○王側腰的按鈕就會發聲&發光,至於附加的機器人則是能夠變形成為潛水艇。機器人部分是沿用自『救難小○雄』的商品,並且還追加原創商品所沒有的變形成為手機的功能。雖然說是變形,就只是能夠打開機器人的肚子而已。

▲原創玩具所擁有的合體機能被拿掉了,並且尺寸也有所調整。

▲機器人也具備發出手機一般的聲音&發光機能。

▲除了潛水艇型之外,市面上還有可以變形成為汽車的造型。

巨大英雄 **051**

超人佳亞

 約20公分(英雄) 約25公分(合體時)

 塑膠製

 可變形、合體(著裝)

08

將各家廠商互相打對台的商品、進一步隨便胡亂混搭的做法,可說是亞洲山寨版玩具的壞習慣,而這個商品正屬於當中的代表。商品本身雖然是超人力〇王與怪獸型機器人能夠進行合體,但是這個商品實際上則是與原創作品『超人力〇王』發售廠商互為敵對關係的某間玩具公司旗下英雄『電光超人傑〇文』(節目雖然是同一個製作公司,但是其中又有很複雜的理由)。應該是英雄給人的感覺很類似吧,在中國似乎就擅自把它歸類成為「同系列作品」了…這樣簡直就像是在可〇可樂專用販賣機裡放入百〇可樂進行販賣的超禁忌組合嘛。

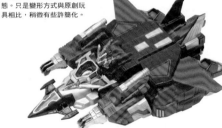

▶怪獸機器人變形之後的型態。只是變形方式與原創玩具相比,稍微有些許簡化。

▲怪獸機器人以裝甲的方式與超人力〇王合體。只是這種狀態的超人力〇王幾乎整個被團團包住,因此造型上幾乎與原創商品完全相同。

◀由於頭部是做成頭盔,拿掉之後就能夠變成素顏狀態。

▼超人力〇王可以跟怪獸機器人合體。但是在原創作品中完全是另外一位英雄。

超人佳亞王

 約15公分(英雄)　約18公分(合體時)

塑膠製　　　合體(著裝)

09

這個商品與前一頁介紹的「超人佳亞」差不多，就只是另外一種版本的電光超人傑○文以及超人力○王結合的商品。這裡是超人力○王與三台機體進行合體，事實上電視在播放『電光超人傑○文』的時候，小孩們的確偶爾會將兩者混在一起玩，但是隨著時間與國家的不同，實在是做夢也沒有想到竟然會有將其商品化的一天。山寨版玩具「能夠輕鬆地做到任何人都想過，但是道義上絕對不可行」的這一點，真不知道算是優點還是缺點，總之確實是它非常有趣的部分。

▼噴射機、鑽土車、飛彈裝載車以著裝的方式，
　能夠跟著身材稍嫌修長的超人力○王進行合體。

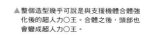

▲整個造型幾乎可說是與支援機體合體強
　化後的超人力○王。合體之後，頭部也
　會變成超人力○王。

◀英雄與機體的合體方式基本上就像是穿著鎧甲
　那樣。超人力○王就這樣收納在機器人造型的
　身體之中。

巨大英雄 **053**

變身超人王

 約21公分　 塑膠製　 著裝(變身)

10

這是一個超人力○王擁有數種頭盔以及身體的組合商品。原始創意是來自於『假面○士龍騎』的著裝系列玩具。只是造型改變之外還有加大模型尺寸。不過很可惜的是…英雄的頭部只是制式化成品，沒有「眼睛是六角形」、「頭上長角」等系列配件。話說不知道為什麼裡面還有附贈一本著色畫冊。

◀內附6種頭盔以及身體配件。

▶脫掉頭盔、素顏的超人力○王，但是因為原創商品的緣故，裡面是一個與超人力○王毫無關係的人物。

▲內附「超人填色畫冊」。裡面有著尚未上色的英雄們。

▲畫冊內頁。其中最有趣的是各個英雄名字都是以漢字(中國語)註記，原來「超人力○王太郎」叫做「超人太郎」……

超人萬能戰機

 約12公分(英雄)
約16公分(機器人)

 塑膠製

11

變形(只有機器人部分)

▶有販售2種顏色的戰鬥機，不過銀色機體一拆開，包裝盒就完全解體了。

▼機器人狀態完全沿用原作玩具的造型。

▲雖然戰鬥機型態的配色看起來真的很像在節目中曾經出現…。

如果商品能夠以正確的名稱表示，大概就是「超人力○王萬能戰鬥機」這樣的感覺。內容就如同它的名字一樣，漆有防衛隊標誌的戰機就這樣包裝在正中間的地方。不過中央最引人注目的機體並沒有在原作當中登場，就只是『萬能勇○Ⅱ』的商品，再配上很有這種系列作品風格的塗裝而已。雖然這樣能夠變形成為造型與超人力○王毫無任何瓜葛的機器人，但是既然取了這個名字，外形好歹也做成防衛隊的機體嘛。

12 角色模型系商品

說到英雄玩具的當家台柱，莫過於角色模型了。由於價格低廉，就連亞洲各國的小孩之間也同樣有著超高人氣。英雄角色模型大部分都沒有專屬的包裝盒，像是有些裝在單純印上「TOY」等字樣的塑膠袋裡，或是直接擺在店家的外面販賣，並且不同於日本那些PVC的製品，像是有些商品的手肘等關節可以活動，甚至具備眼睛以及胸口警示燈會發亮或是發聲等機能。

 約30公分　　 POLY樹脂　　 無(頭部與手可動)

這是本書中唯一的「日本製品」，由70年代當時尚未是「亞洲」的日本所製造，我想應該是雜貨店等地方所販售的商品吧。造形融合自兩種英雄頭部的特色，完全可說是「似曾相識但是卻有所出入」的最佳寫照。

 約16公分

 塑膠製

發光

這是一個以脫線長相與頭上的角有著圓滑彎曲度做為賣點，表情幾乎能夠以「沒路用老爸」來形容的英雄商品。頭部雖然是超人之父的造型，身體卻比較接近迪○。由於素材並非選用與日本角色模型相同的PVC而是塑膠製品，因此既硬且又易碎。

 約22公分

塑膠製　　會發光

 約22公分

 塑膠製　　會發光

在亞洲山寨版玩具裡，有時候不禁會讓人有一股「你是故意的嗎？」這種感覺。而這個商品正是其中之一。這位英雄與本頁其他的商品相同，都是脖子以下套用其他的角色人物，它的頭部是超人力○王A、身體則是超人殺○A。說句老實話，他們是真的了解這些角色設定而決定這樣做的嗎？

這個是與左邊角色模型成套販賣的商品。依照這個身體以及頭部胡亂拼湊的方式，讓人肯定「絕對是故意的吧！」。角色模型的頭部是超人力○王雷歐，身體則是超人力○王之王。其中超○王是在『超人力○王雷歐』中登場過的「傳說戰士」。相信這個商品的企劃者應該是一名狂熱愛好者吧？

巨大英雄 **0 5 5**

⊕ 角色模型系商品

👤 約47公分　　🔧 PLOY樹脂　　🔈 會發光、發聲

這個商品是大尺寸、手肘關節可以活動，按下側腰上方的按鈕，胸口還會發光而且發出聲音。雖然構造上有所差異，但是整體造型並沒有太大的出入…正當自己這樣認為的時候，發現這個傢伙根本就是出門太慌張而穿了一雙黑色雨鞋嘛。這個角色模型完全只是一個因為腳下小小的錯誤抉擇，而毀了整個商品的血淋淋教訓。

👤 約26公分　　🔧 塑膠製

🔈 會發光

雖然幾乎可說是出自於其他種類的作品，但是原始創意應該是來自於阿斯○拉。看來似乎是將鎧甲與武裝包住全身，然後大膽地改變風格所造就出來的結果。該不會是因為自己總是活在高人氣大哥的陰影之下，從頭到尾都是一個不起眼的存在而心生不滿吧？明明那樣還比較有特色呢。

▲該不會像是宇宙忍者的角色也混在其中吧？

👤 約13公分

🔧 塑膠製

🔈 無(手腳可動)

在守護宇宙和平的英雄兄弟組合商品裡面，發現一臉理所當然、進行侵略的外星人一族也混於其中。該不會是因為長年對抗的關係，彼此產生出親情般的感覺吧？附帶一提，雖然乍看之下超人力○王那一方有6個人佔盡數量上的優勢，但是其實裡面包含著版本不同的相同人物，因此實際上是4對4的角力戰。

▲包裝盒背後的說明也很勁爆。「マざすイぬ(就日文來說意喻不明，而且平假名與片假名不會互相混用才對)」……？

 約52公分　 POLY樹脂

會發光、發聲

雖然乍看之下勉強算是一個原創英雄，不過它事實上只是把『假○騎士響鬼』塗上銀色與紅色，「讓人覺得有模有樣」的商品而已。其中的賣點幾乎就只有「完全不像任何一種英雄」，但是玩具店大叔卻堅稱「這就是超人力○王」，無論如何都不肯退讓。

◀也有發現頭部是轟○的造型，該不會還有存在其他的版本吧？

約29公分

塑膠製

會發光、發聲

▶按下腰側的按鈕，就會一邊發聲一邊讓眼睛跟胸口發光。

這是一個狀似在美國等地市面上發售，人稱「泡泡頭」的二頭身角色模型。雖然Q版的二頭身角色模型在日本也很常見，不過這個就只是把頭部巨大化而已，老實說一點都不可愛。

 約50公分

 POLY樹脂

會發光、發聲

原本想說這個體型還真是粗壯，結果卻注意到腰上那條很有特色的腰帶。這又是一個頭與身體來自於不同角色的商品，而且身體還是『假○騎士空○』。幾乎可說是日本代表性的英雄，跨海之後卻淪落成為東拼西湊的不負責任商品。話說頭部也是混合了數種英雄特徵的合成狀態。

巨大英雄 057

名稱不明

 13 約25公分 塑膠製 手電筒、會發聲

雖然不管怎樣看，都只是一個胸口上排有奇怪按鍵的超人力○王角色模型，不過這個似乎是「手機玩具」。正如各位所見，稱得上是手機的部分就只有那些無數的按鍵而已。如果拿來當成手機使用，就會變成超人力○王在耳邊輕聲呢喃的模樣，讓人瞬間詭異感暴增；另外只要舉起左手，右側頭部就會發光的機能更是令人傻眼到一頭霧水的程度。

▲舉起左手不知道為什麼頭部就會發光。不過光線亮度媲美手電筒，可說是一個毫無意義的實用機能。

◀不知道是否因為具備手機功能(？)的緣故，那副粗狀的體型感覺上沒有什麼說服力。

迪迦奧特曼

14 約34公分(英雄)

塑膠製

無(角色模型的頭部與手腳皆可動)

這是一個超人力○王角色模型以及含意深遠的直昇機成套販售組合商品。如果各位讀者從頭看到這裡，相信都會推測說「原來如此，是這架直升機會變形吧？」，不過破天荒的是這架直升機根本就沒有任何特別的功能，就只是一架直升機而已。這架直升機既沒有在作品當中登場，而且也不能變形。請各位仔細看看英雄的造型，其實同樣挺微妙的呢。就各種角度上來說，是一個失望度很高的商品。

▲如果要把直升機跟英雄湊在一起玩，建議可以套用「英雄前來拯救被怪獸擊墜的直升機」這種設定。

➕ 專 欄 3.關於亞洲的超人力○王

至今亞洲市面上與『超人力○王』相關的商品大致上可區分為3種。有「日本授權的正版商品＝(以亞洲地區來說)雖然價格偏高，但是品質也同樣很好」、「亞洲地區製作的山寨版商品＝雖然便宜，但是劣質品佔了大多數」以及評價落在兩者之間的「泰國授權輸出至亞洲地區的商品＝價格普通、品質平平」。話說關於泰國的授權商品，其實在爭奪版權有效性的判決中，泰國最高法院於2008年判決日本原廠勝訴。因此泰國的版權商品，實際上至今就只有中國部分地區還留有存貨之外，已經完全從市面上消失了。

▲與成人世界全然無關的市街景色。『超人力○王』在亞洲地區就是擁有如此根深蒂固的人氣。

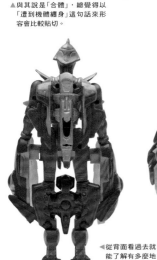

奈克瑟斯 變形6合體

15

約20公分(英雄)
約25公分(合體時)

塑膠製　　合體

雖然像這種超人力○王角色模型與飛行機體合體,在亞洲可說是極為常見的組合玩具,不過這類商品的合體方法可說是跌破大家的眼鏡。當戰鬥機裝置在胸口與背部之後,必須得從膝蓋部位拆開雙腳,然後把戰鬥機夾在斷掉的雙腳之間進行合體。難道他們不覺得這樣很難行走嗎…還是認為反正只要會飛就可以了?

▲市面上也有其他英雄的相同系列商品,角色模型則是以英雄稍作修改之後四處套用而已。

▼這是裝在手臂上的變身用配件。不知道為什麼比戰鬥機還要來得巨大。

▲與其說是「合體」,總覺得以「遭到機體纏身」這句話來形容會比較貼切。

◀從背面看過去就能了解有多麼地「跛腳」了。

◀手部配件有像是手甲的裝法(照片),以及插在手掌上(本頁左上角照片)的2種裝法。

INVIN C IBLE

約18公分

16   POLY樹脂   無(頭與手腳皆可動)

雖然色彩太過於鮮豔,以致於讓人一時看不出來,不過身體
的造型其實是超人力○王。不知道為什麼裝飾華麗的頭部卻
換成了機器怪獸般的頭顱,完全可以說是一個「如果不仔細
看的話,根本不知道是哪位英雄」的經典商品。

▼這是當中最像超人力○王的角色
模型,但是那個誇張的頭飾讓人
不知道真正的身分是什麼。

▲裝有機器怪獸頭部的英雄。那副完全不成比
例的體型以及臉孔實在是怪異到極點。

▲外表與其說是英雄,反倒
更貼近機器人的角色模
型。至於頭上那個誇張頭
飾與另外一隻角色模型能
夠共通使用。

▲不知道為什麼竟然會有2個長相
最怪的怪獸頭英雄。總覺得好
像看到怪獸的嘴巴一開一合地
說著:「你是有意見喔?」。

➕ **專欄** 4.中國特攝英雄影片之「你是誰啊?」

▲印刷在光碟上的圖案同樣
也是謎般的特攝英雄。

▲其實出現在播放選單中的是另一
部有名的特攝英雄。

我在中國大型書局的DVD專櫃發現到非
常奇妙的光碟。就是包裝上印有很類似
超人力○王,但是卻有微妙出入的特攝
英雄,原本以為是「中國自創的特攝英
雄作品嗎?」,不過包裝上卻寫著『奧
特曼』(超人力○王在中國的譯名),並
且還寫著另一位特攝英雄『グリッ○マン』

(傑○文)』的名字,特攝英雄的背景則大大印著敵方怪獸『哥○拉』?(當然沒有在超人力○王
裡面出現啦)。附帶一提這個並非DVD而是VCD(Vedio CD)。雖然以包裝看來,是一個讓人不知
道收錄「哪一部作品」的超詭異商品,不過販賣這種商品的書店並非是會進貨山寨版商品的店
家,包裝上也堂堂貼有中國版權商標的貼紙。話說在確認內容之後,發現又是一個裡面收錄
『傑○文』的慣用老梗招式。算了,反正每次都這樣啦。

17 宇宙英雄模型

- 約39公分
- 塑膠製
- 會發光、發聲

◀當裝上電池後，刀刃就會發光，不過這個當成是「為了打倒敵人而發出刀劍般的光束」，看起來還挺帥的耶？

◀目前確定有2種造型，話說從刀刃側面望去能看見超人力○王的臉凸出來，這一點威覺還挺炫的耶。

▶從側面觀察刀柄位置上的超人力○王角色模型，看起來很像是兩隻從背部融合一樣，感覺很噁心。

基本上就只會從身體發射光束

還有格鬥技當做武器的超人力○王，不過亞洲商人依然想要販售武器系列玩具給小孩，發展到最後就是變成這副模樣。超人力○王本人淪落成為一把武器。另外原本是光劍一般的配色，造型卻偏偏要使用青龍刀，這該不會是亞洲地區的堅持吧？

SUPER FLASH TOP

18

- 約9公分(臉長)
- 塑膠製
- 發條式陀螺、會發光、發聲

這是一個將超人力○王的頭顱，用力扭緊在T字型裝置上方的玩具。當按下開關，頭顱就會用力地旋轉發射出去，並且還會一邊發出刺眼亮光一邊演奏舞曲……雖然如此描述會讓人覺得很傻眼，總而言之這就是一個超人力○王頭部造型的陀螺。不過老實說，居然還特地將造型做成一顆頭顱的樣子，就常人的眼光看來實在是詭異到爆炸。

▲這是超人力○王頭顱正在旋轉中的照片。附帶一提，其實正反兩面都是同樣的臉孔。

▲它會一邊發光一邊響起歐陸舞曲，難道是為了要充分表現出舞廳的感覺嗎？

19 超人家族

- 約24公分(臉長)
- 塑膠製
- 無(有附水槍)

▶長相看似很悠哉的面具，讓人不禁有股幸福的感覺。

表情莫名柔和的超人力○王面具。不光是眼角過於下垂，尖角上方加裝的圓球似乎就是為了要強調安全性，讓人總覺得雖然面具有尖角，應該還是很安全吧？

20 奈克瑟斯奧特曼

- 約34公分(英雄) 約25公分(面具)
- 塑膠製
- 會發光、發聲

胸口會發光，並且發聲的內容是說出著名台詞的超人力○王角色模型。雖然模型本身並沒有什麼特別之處，但是莫名其妙內附一張鬼面具(看起來簡直就像是民俗手工藝品)的這一點倒是很令人在意。這張面具到底是敵是友？小孩們會喜歡這個附加商品嗎？嗯～……。

◀灑豆驅邪的時候應該派得上用場，不過印象裡中國並沒有這種民俗習慣。

⊕

戴拿新超人

21

約27公分(英雄) 約25公分(怪獸)

塑膠製

會發光、發聲

◀超人力○王是各關節皆可動,能自由擺出各種姿勢。

▲超人力○王與怪獸都內藏發光功能。超人力○王是眼睛與胸口一邊發光一邊發出計時的聲響,怪獸則是眼睛一邊發光一邊發出怒吼聲。

中國市面上絕大多數的怪獸角色模型,都只是超人力○王旁邊的陪襯商品而已。不過這個「戴拿新超人」所附贈的怪獸角色模型,卻擁有不輸給超人力○王的尺寸,並且還內藏眼睛發光以及發出咆哮聲的機能。不過可惜的是與其說它是一臉發怒表情的怪獸,還比較像是一名黑道或是新進藝人的招牌表情。

怪獸角色模型

22

說到日本的超人力○王系列商品,敵方怪獸的角色模型種類還比主角的超人力○王更為充實多樣化。但是怪獸在中國的人氣似乎就不怎麼高,因此市面上並沒有太多相關的角色模型。為數極少的單隻怪獸商品也都不是「恐龍型」,而是體型接近人類的「外星人型」佔了絕大多數。像這樣子的偏好,應該歸類於民族性的不同嗎?

約53公分

塑膠製

會發光、發聲

這是超人力○王敵方角色中最出名的外星人。整體造型是初代版以及『超人力○王高斯』登場時,將兩者折衷自創出來的模樣。雖然有內藏眼睛發光與發聲的機能,不過很可惜的是並非採用「耳熟能詳的怪笑聲」,而是「怪獸般的咆哮聲」。這種商品在市面上有販售2種配色。

約5公分

PVC

面具(?)可穿脫

這是前面介紹過的「Color Bear」系列外星人。不過老實說既然整張臉都被面具擋住了,根本就沒有必要再做成小熊子吧……另外小熊耳朵基本上會從面具兩邊露出來,這樣倒是還挺可愛的啦。

約53公分

塑膠製

會發光、發聲

這個怪獸是超人力○王的最強勁敵。只是原本非常壯碩的體型被改成輕巧的人類體型,並且各個部位也都有加上自創的設計。它與「剪刀手外星人」一樣,都內藏眼睛發光以及怪獸叫聲的機能。

⊕ 亞 洲 玩 具 店 之 真 有 此 事 案 例 篇

嗨，我是加藤藏鏡人。這個單元是介紹我在巡迴亞洲各地的玩具店時，親身遭遇過的各種事件。以下內容可都是千真萬確曾經發生過的喔。

這下子該怎麼辦才好？ 這是我剛開始收集山寨版玩具的失敗經驗。某天我收到中國某個玩具製造商的型錄。看完內容之後，發現有刊登許多令我非常感興趣的型錄。因此我試著撥打上面刊登的聯絡電話詢問，最後得知就算以個人名義購買，對方也願意販售。在選完想要的玩具之後，確認價錢以及運費合計總共大約2萬圓日幣左右。雖然當時覺得價格有點高昂，不過想想自己選了十幾種玩具，這個價錢應該可以接受的。經過半個月之後收到包裹的那一刻，真是讓我嚇到不知所措。對方居然一口氣寄了3箱120公分高的巨大紙箱過來。檢查內容物之後發現，每種玩具分別各有12個。看樣子對方並非是以零售的方式進行販賣，而是批發呀。所以說只要每種只買1個的話，就能夠以遠超乎自己想像的便宜價格買到，但是這下子卻出現了大量的相同玩具，實在是令我傷透腦筋。重點是我的家裡當時根本就沒有空間能夠收納如此大量的玩具呀。

韓國知名玩具店社長 他是一位曾經與日本合作的韓國某間玩具店社長，並且還是韓國玩具界的重量級人物呢。由於他對於我們為了買玩具遠從日本跑過來而感到非常高興，因此從午餐到晚上饗宴的費用，全部都是由他一手包辦。當我說「想要購買韓國的稀有玩具」時，他居然回答說「既然如此，你明天再來我的店裡一趟吧」。隔天到了店內，他便帶我們前往一間很大的倉庫，並且打開裡面所有的紙箱。紙箱裡裝的都是10〜20年前的韓國玩具以及年代久遠的電影海報之類的東西，並且說「這些都是我的收藏品，這次就特別轉讓一些給你們吧」。在與日本不同，不習慣保存古董玩具的韓國，我因此得到了珍貴的古董玩具。

冒牌山寨番長 我在韓國路上發現一處放滿破銅爛鐵玩具的路邊攤。至於這個路邊攤完全沒有販賣我想要的商品，並且還有一些很明顯早就已經損壞的玩具。某日，不自覺地又經過那個路邊攤時，老闆便主動向我攀談起來。「老兄，你是日本人吧？我這個攤子可是有日本常客的喔」。如此說完，便遞給我一張很明顯是影印的名片，並且上面還寫著「山寨番長」的名字。應該是老闆不知道從哪間玩具店得到山寨番長的名片吧。附帶一提，山寨番長從來沒有在這裡買過東西。

「生與死之間……」 韓國某玩具店的老闆很開心地向我介紹一名店員「因為這傢伙會說日文，就由他來擔任接待你的人員吧」。只是這名店員突然開口說「佇立於生與死之間直到永遠」這種讓人摸不著頭緒的話。正當我一頭霧水的時候，他接著繼續說「這句話是日文吧」，這位先生，我完全不知道你想要表達的是什麼耶。正當我在看玩具的時候，他突然開口對我說「我的朋友在昨天去世了」。正當我一臉錯愕地回答「請節哀順變……」時，他又說「這句日文是什麼意思？」。拜託你讓我慢慢地欣賞玩具啦！

堆積如山的玩具 經由台灣玩具同好的介紹，我到了一間在台灣有大量古董玩具的玩具店。隨著玩具店老闆來到這間店的倉庫，發現一個有40張榻榻米大小的房間裡到處堆滿了玩具。話說那種情況根本無法用「堆疊在一起」來形容，就像是從貨櫃車中倒出來那樣形成一座小山，完全可以說是用玩具堆成的小山嘛。光是稍微看看腳邊，就發現好幾個令我感到興趣的玩具，但是想要攻略面積多達40張榻榻米的玩具山，實在是需要不少的時間以及體力。當我們挖出不少寶物而感到滿足的時候，老闆笑著開口說「那麼我們到樓上去吧」……2樓也同樣是由裝滿玩具的紙箱圍成一條溪谷的驚人景象。

可疑人物？ 這是我與台灣玩具同好一起去郊外走走、四處收集玩具所發生的事情。我們花了一整天的時間到處搜購玩具，當天晚上就在便宜的旅館，拆開當天所買的玩具跟朋友一起分享。但是這個時候卻突然傳來急促的敲門聲，打開房門有2名身穿制服的警察衝進來說「你們在做什麼!?」……就只是在玩玩具啊！當面解釋清楚之後，警察露出一臉苦笑說「記得要緊閉門窗啊！」，隨後便轉身離去。話說他們到底是來做什麼的呀？

模型店的無奈 距今大約十幾年前，我經常會去一間位在台灣夜市外圍的某間模型店。至於原因，就是那裡有販售『迷○四驅車』通用規格的『閃○霹靂車』以及『蝙○俠』的蝙○車（當時日本並未存

在這些商品）。當店裡再也沒有這些模型，而前往那間店的頻率也銳減成為一年一次的某日時，店裡的大叔語重心長地開口向我攀談說「你來我們這間店也有10年了吧？當時阿○拉（『閃○霹靂車』的主角車）的模型可是賣到嚇嚇叫呢……現在的情況卻是玩具跟模型完全都賣不出去，小朋友們就只喜歡卡片遊戲跟電玩，玩具狂熱者也都只從網路上進行購買，再加上這間店就只有一些老舊不值錢的商品而已……」。距離熱鬧夜市有一段距離的模型店裡，突然出現一股莫名寧靜的氣氛。

熱情老闆的陷阱　中國的玩具店老闆大部分都很會推銷。某次我在玩具店裡發現一系列很有趣的玩具時，拿起盒子看了一下，整組商品似乎總共有No.1到No.8的系列。當我詢問老闆娘「現場有全部的種類嗎？」，她馬上就回答我說「全部都有」。其實絕口不說「沒有」是上海商人的習性。由於老闆娘說「從倉庫調來必須要花一點時間」，於是我便在附近晃晃過了一陣子之後才返回店內，結果發現商品已經打包好了。等我拿回自己的房間打開包裝好的商品之後，才發現到裡面確實是有8盒，但是並沒有No.1跟No.6，取而代之是No.2跟No.3各有2盒。我匆匆忙忙跑回店內詢問老闆娘，她輕輕咋了一聲之後才裝傻地說「因為倉庫裡沒有No.1跟No.6嘛」。看來她應該是不希望因為缺貨而減少業績吧。

就連紙箱也要吝嗇　這個也是發生在同一間店裡的事情。某天因為自己買了不少玩具的緣故，便請店家幫我準備不是塑膠袋的紙箱。不過老闆娘卻拿了一個軟趴趴而且還有點潮濕的航髒紙箱。正當老闆娘將商品裝入那個連流浪漢也不屑一顧的紙箱時，打工的年輕店員貼心地拿了一個乾淨的紙箱過來，但是老闆娘卻說「拿那個紙箱太浪費了，不准用」，最後還是拿那個航髒的紙箱替我打包。最後害得我被迫只能夠抱著一摸就好像會起疹子發癢的航髒箱子返回房間。

關係變好卻被罵　雖然上海商人都有很強烈的商人精神，不過反過來說也會非常珍惜大手筆的顧客。由於過去某間店的緣故，我跟那裡的老闆混得很熟。某天因為購買了大量的玩具，老闆主動提議說能夠送到我住的房間。後來接受他的好意，請他送到我的房間，但是老闆卻在看到房間內大量的玩具之後，瞬間變臉說「……這些玩具，你是在哪裡買

的啊？為什麼不在我的店買呢!?」，當我向抓狂到宛如惡鬼的老闆解釋說「因為你的店裡沒有賣啊」之後，他馬上就衝出一句「只要你告訴我，我就會進貨啊！」。到後來只要我跟老闆說出其他店家才有的商品時，他都會使命必達地去引進相同的商品。

被店家察覺喜好　某日，我與該店店員交涉請對方進貨他們所沒有的商品之後，他便回答說「我們會在明天早上進貨」。等到隔天去取貨時，發現除了我要的商品之外，還有引進其他大量的玩具。店家告訴我說「這些也是今天才到貨的呀」，仔細一看才發現，全部都是準確地抓住我的喜好。原本只是預定要買3個小玩具，結果卻演變成為買了2個大紙箱才夠裝的數量。

轉眼間　其實中國玩具店更換流行的速度很快。上海在某段時期裡，非常流行某種系列的玩具，無論哪間玩具店都是清一色擺滿這款系列的玩具。因此我隨手買了幾個，帶回家把玩了之後發現，其實這些玩具還挺有趣的呢。經過了半個月之後，想說再去把遺漏的幾個玩具買齊，但是卻發現該系列完全從玩具店中消失了，取而代之是清一色的『HYPER YO─YO』。明明原本到處都有賣耶……。話說某一個月前在該店看到「14機合體機器人」，後來回頭過去購買的時候，又同樣從店裡消失了。詢問店員之後卻回答我說「14機合體？我從來沒有看過這麼誇張的玩具耶！那個玩具到底有多大啊？」……明明在1個月前，你們這裡還有在販賣啊。

加藤藏鏡人(自由作家)
亞特蘭大宅林匹克金牌得主。喜歡的妖怪：大和川水怪(Yassie)。在日本次文化雜誌、八卦雜誌等許多地方撰寫有關於亞洲宅文化以及玩具的專欄。現在則是在『オタナビ』(コアマガジン出版社)雜誌上刊登連載專欄。

3章 英雄機器人

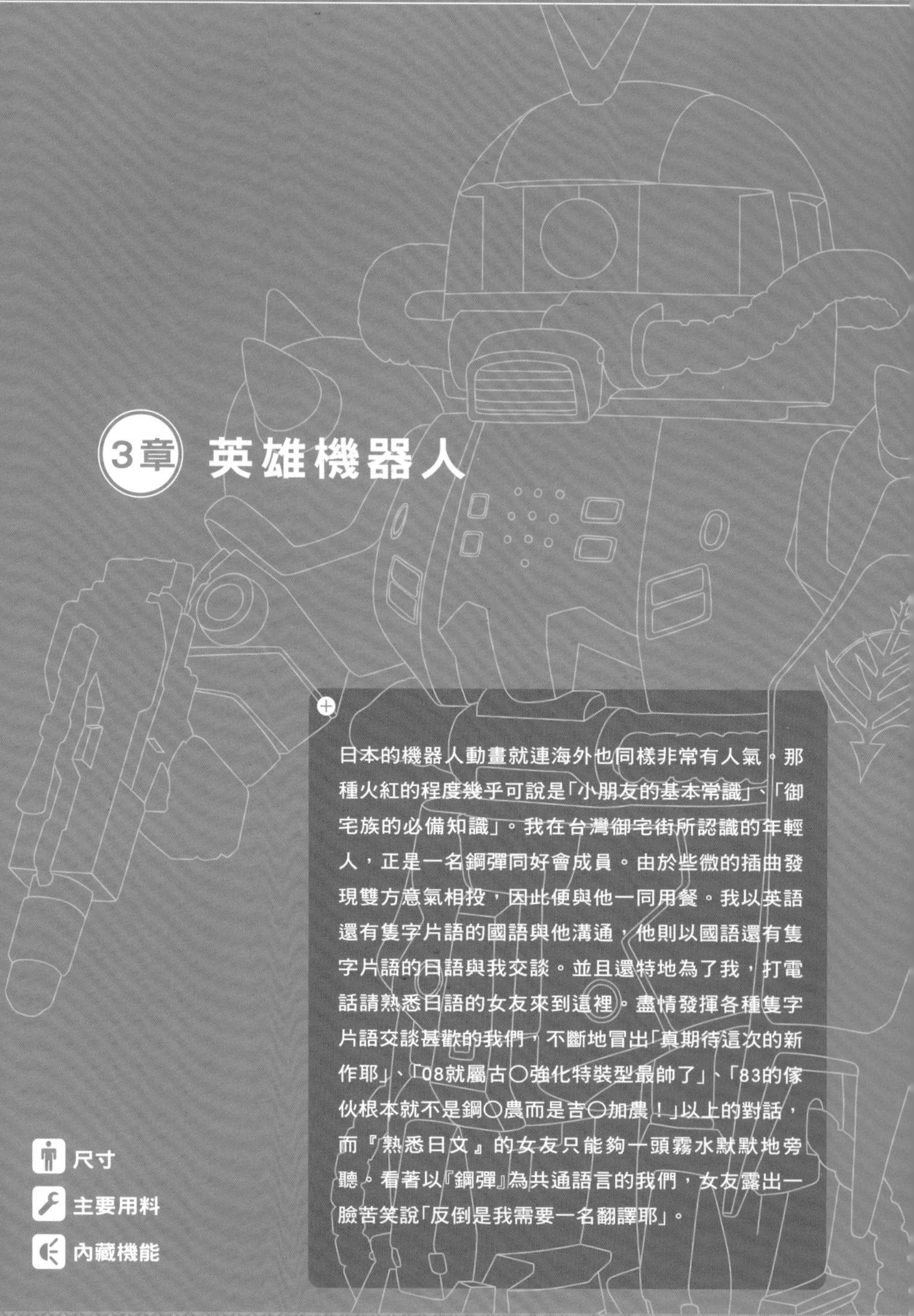

日本的機器人動畫就連海外也同樣非常有人氣。那種火紅的程度幾乎可說是「小朋友的基本常識」、「御宅族的必備知識」。我在台灣御宅街所認識的年輕人，正是一名鋼彈同好會成員。由於些微的插曲發現雙方意氣相投，因此便與他一同用餐。我以英語還有隻字片語的國語與他溝通，他則以國語還有隻字片語的日語與我交談。並且還特地為了我，打電話請熟悉日語的女友來到這裡。盡情發揮各種隻字片語交談甚歡的我們，不斷地冒出「真期待這次的新作耶」、「08就屬古〇強化特裝型最帥了」、「83的傢伙根本就不是鋼〇農而是吉〇加農！」以上的對話，而『熟悉日文』的女友只能夠一頭霧水默默地旁聽。看著以『鋼彈』為共通語言的我們，女友露出一臉苦笑說「反倒是我需要一名翻譯耶」。

- 🧍 尺寸
- 🔧 主要用料
- 🎛 內藏機能

Super Warrior
01

 約14公分

 塑膠製

電動行走、
會發光、發聲

▶ 從側面看過去，完全沒有
原創作品該有的靈巧。雖
然算是有安定感啦……。

▶ 腰部配件與原創作品上下相反，標誌
從「V」變成了「∧」。

DIECASTING
02

 約12公分　 合金　組裝變形
可發射飛彈

◀ 拆下兩腳之後，上半
身可以裝在宛如台車
般的配件上方，拆下
的雙腳則能夠裝在台
車的兩側。

▲ 包裝上則印有與鋼○一點關
係也沒有的英雄人物以及飛
行機體。

這台則是鋼○農。雖然是一個肌肉感十足的合金
製玩具，不過可以透過更換附屬套件來讓下半身
變成戰車一般的狀態。亞洲的玩具公司是有這麼
喜歡坦克嗎？聽說市面上還有存在著相同機能的鋼○，不過在這裡未能
夠親眼確認。

ROBOTANK
03

 約28公分　 塑膠製　電動行走
會發光、發聲

就連鋼○、鋼○農全部都坦克化的亞洲山寨版商品，當然也有販售元祖
「坦克型」的鋼○克玩具。並且還是破天荒的30公分DX尺寸。但是不知道
為什麼按下開關是搭配「黑武○」的主題曲行走，並且行走時背上的風車
還會旋轉。當按下車體按鈕還會說出「Fire！Don't move！」的台詞(不知道
說話的人會是龍‧○西還是小林○人？)。話說為什麼背上會有
風車呢？另外剛說完「發射！」，卻又叫對方「別動！」到底是想
怎樣啊？雖然讓人想吐嘈的地方多到爆炸，但是「巨大
而且會動」這部份卻是魄力滿點。

◀ 雖然亞洲各地都有在販
售，但是韓國版的包裝上
畫有一位身分不明的帥
哥。依據發售時期的不
同，啟動時所發出的音樂
也有不同的版本。

雖然依照時代變遷可能會有所不同，但是只要說到『日本最有名的機器人動畫』，就一定是藍、白、紅三種配色的『白色機體』（機動戰士鋼〇）了。當然鋼〇在亞洲同樣也擁有高人氣，因此市面上也就出現各式各樣的山寨商品。像這個「Super Warrior」就是鋼〇下半身換成鋼〇克而製作的商品。雖然在『鋼〇』原作中有出現上半身與下半身分離的場面，不過像這樣互換下半身實在是很像二流的CG遊戲。如果出現這副模樣的鋼〇，相信紅色彗星應該也無力戰鬥了吧？

■ 當打開電源，各部位就會開始發光並且發出「Fire！Fire！」的吼叫聲，一邊向前走一邊甩動上半身。

◀ 駕駛艙與下半身（？）的飛彈會發光，並且飛彈會隨著行走切換發射狀態以及收納狀態。

▲ 印在包裝背面的同系列其他玩具幾乎都很樸素。雖然造型本身是以狂熱愛好者為取向，不過商品本身是針對低年齡層所設計的電動行走玩具。

■ 3種不同版本的機體齊聚一堂……雖然大家明明都是坦克。
（註：已經透過圖像修改成為相同的尺寸）

機動戰士 健啖

04

👤 約29公分　　🔧 塑膠製　　💥 發射拳頭

這是一個外觀配色很詭異的鋼〇。並且因為附屬的拳頭配件是持槍在左、持盾在右的關係，武器著裝之後恰巧與原創機體左右相反，變得直就像在照鏡子。話說如果翻譯包裝上的標題就會成為「機動戰士 狂吃」……難道它是大胃王嗎？

▶ 包裝上是註記「1：60尺寸」，但是以「1：60」來說，實在是有點小……。

▶ 感覺很邪惡的黑色十字架盾牌。不知道為什麼商標橫貼在上方。

◀ 原創設定是「光束」的劍與盾變成了實體規格，這在亞洲山寨版玩具中可說是一種常態。這個機器人（MS？）的必殺技應該是從額頭發出光束吧？

V-TWO MAN GUNDAM

05

👤 約29公分　　🔧 塑膠製　　💥 無（關節可動）

乍看之下以為這是一個身體修改過配色的鋼彈，再加上頭部是原創造型的商品……這才發現身體其實是『機動戰士鋼〇V』裡登場的量產機，頭部則是『蓋〇G』裡面的蓋〇龍。其中最經典的是包裝插圖「硬是畫得有模有樣」呢。

▲ 很不可思議的是包裝插圖給人一股很帥氣的感覺，難道說韓國玩具界存在一位非常高竿的包裝設計師嗎？

Gondam

06

👤 約22公分

🔧 塑膠製

💥 電動行走

無論誰看了這個商品名稱都會唸成「攻彈」的「Gondam」，同時也是體型介於真實與SD之間，而且會電動行走的商品。沿用自電動行走玩具『裝甲巨神Z〇士』，看起來就只像是裝上鋼〇模型配件的「改造大賽作品」而已。

▶ 頭部沿用自SD的設計，並且還在眼睛畫上瞳孔。附屬武器則有槍、光束劍以及盾牌。

モビル スーシ (Mobile S

07

👤 約22公分

🔧 塑膠製

💥 發射BB彈

這個商品的名稱是「モビル スーシ」，不可以忘記在「モビル」跟「スーシ」之間空格喔。商品本身是簡化過的塑膠模型，並且到處貼滿讓人不禁想要大吼「連這個也亂搞！」的阿姆〇註冊商標「A」。

▶ 「モビル スーシ」……不禁讓人聯想到未來的壽司（SUSI）。

08 機動戰士 マルシア (Marcia)

約19公分　🔧塑膠製　🔆可發光

就算是身為原創作品的『鋼○』，最近也紛紛出現可以變形成為各種型態的鋼○，在亞洲地區甚至存在著變形成為汽車的機體。至於商品名稱「機動戰士マルシア」中的「マルシア」，是取自於某位巴西出身的女藝人……才怪，其實是源自於韓國某間車廠發表過的真實汽車名稱。至於汽車型態就是變形成為那個名稱的車輛啦。

▲ 還當有真實感的汽車型態，但是無法得知是否真的有得到原車廠的認可。

◀ 無論配色或是造形都跟包裝盒有所出入的機器人型態。至於腹部造型則是沿用自特攝英雄的機器人。

▲ 利用「打光」讓黑色身體看起來像是藍色的手法，可說是非常有趣。至於包裝盒上刊登的英雄，並沒有包含在商品之中。

09 SUPER SPACE SOLDIER

約28公分　🔧塑膠製　🔆電動步行、會發光、發聲

既然身為主角的鋼○在亞洲極受歡迎，身為敵方的MS理所當然也同樣有著超高人氣。當我被這個看似日製模型的包裝盒背面給吸引，而拿起來觀看之後，直接從正面部分見到玩具造型可以說是慘不忍睹。在包裝盒插圖與內容物可說是天差地遠的亞洲山寨版玩具世界裡，像這種唯獨背面有著帥氣插圖的商品，實在是非常耐人尋味。這個造型不如日製塑膠模型而且身材完全走樣的機器人，當按下開關會發出「Fire！Fire！」這種山寨版商品的慣用台詞，另外在前進的時候，眼睛與槍還會發光，接著中途停下腳步讓上半身旋轉，同時還會發出刺耳的槍擊聲。

▼ 腳部的造型是採用「高機動型」，正當以為這是「夏○專用機」時，發現它其實應該是「強尼○登專用機」。

◀ 裝上電池之後，眼睛跟槍口就會發光。至於頭部的透明蓋則能夠以手動打開。

◀ 雖然包裝盒背面有帥氣的插圖，轉到正面才能夠看到內容物，不過亞洲玩具店幾乎都是以陳列包裝盒背面的方式進行販售。

超時空要塞

10

約25公分

塑膠、合金

可變形、會發光、發聲

▼不知道為什麼讓人有3倍速感覺的戰鬥機型態。重點是它並非單純的紅色,而是「大紅色」。

超時空要塞
21 CENTURY
NEW TOY

11

約23公分

塑膠、合金

可變形

▼乍看之下讓人有種「V鋼○」戰鬥機型態的感覺。機體上方則裝有「眾所皆知的那個盾牌」。

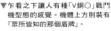

▲只要按下機首按鈕,駕駛座就會有忽明忽暗的光線並且發出槍響聲。

雖然這個玩具是沿用與『鋼○』擁有相同人氣的SF愛情動畫『超時空○塞』中登場的變形機器人,不過在原作中並沒有出現這種配色的機體(但是有同樣配色的其他種機體)。如果要說到這個配色的構想到底是來自於何處,相信一定就是「紅色彗星」了吧。當我這樣想的時候,那

個在頭頂上與原作毫無關聯的角,看起來就很像是「隊長機的証明」了,實在是太神奇啦。

在鋼○高人氣的影響之下,也波及到在其他人氣作品當中登場的機體。身為左邊「紅色」女○神戰鬥機後繼機體的這架『超時空○塞7』主角機,無獨有偶同樣地被換成了鋼○配色……根據原作明明就是這架機體的配色比較偏紅耶。當然不光只是塗成白色就會看起來像鋼○,但是根據手上所裝備的盾牌配色以及黃色十字架,實在是沒辦法讓人不做如此聯想。既然都那麼明顯了,乾脆把整體配色弄得更接近不是比較好嗎?

▼跨越作品相互對望的宿敵。稍微告訴大家跟這個玩具無關的題外話,其實韓國有一個主打機器人造型非常類似女○神戰鬥機的作品『Space GundＯm V』喔。

▲造型完全不同,偏偏又想要沿用配色的這一點,實在是令人欽佩。不過老實說一點都不像。

⊕ 12 地球防衛隊 POWER MAN

 約18公分
（合體時）

 塑膠製

可變形
合體

相信其他作品也經常出現這種情況，總之在亞洲地區只要是機器人身上有獅子造形的配件，就一定會大受歡迎，並且還受歡迎到讓鋼○身上多了一顆獅子頭的程度。這款「POWER MAN」是以一台小型機器人擔任本體，再與另外3台獅子型機體合體的機器人。雖然說是「獅子型機體」，合體在腳上也只不過是一副「趴下」的模樣、宛如2台扁平木屐的機體而已。至於主要的那個獅子機體，合體時也只是掛在頭頂以及背部，簡直就像是妖怪狀態一樣非常詭異……因此就算是人氣鋼○＋人氣獅子造型，要是沒有好好地設計也還是行不通的吧？

▲原始創意是來自於『勇者○說』的商品。比起只有1隻獅子的原創玩具，這裡是直接倍增到3隻。

▶只要在小型機器人的身上加裝獅子機體，就可以成為「POWER MAN」。不過小型機器人並沒有變形機能。

◀這2隻是合體在腳上的獅子，無法透過轉動雙腳來完成一般獅子的體態。這樣未免也太狠了吧……。

POWER MAN ROBOT

▶背上長了一顆頭的獅子機體。合體之後，獅子的身體會呈現倒立狀態。

Color Bear

 約5公分　　 PVC　　 頭盔(？)可穿脫

幾乎可以說是本書中經常出現的「小熊」系列也有『鋼○』版本。只不過雖然說是鋼○，卻並非是元祖的那一台，反倒是近期作品裡登場的機體。至於薩○的小熊(薩小熊？)則確定有區分為「量產型」以及「紅色機體」(頭上當然有角)2種，無論是哪一款的頭部，都有將特徵維妙維肖地重現出來。由於頭部是做成類似頭盔或是面具那樣，因此也能夠變成素顏的小熊。依照這樣看來，市面上還有初代鋼○等其他敵方機體存在也說不定呢。

▼以3倍速聲名遠播的「紅色機體」也變成了小熊。頭部的註冊商標可說是非常地逼真。

▲以角的形狀看來，應該是「種」系的造型，但是因為造型太過於Q版，讓人難以辨認。

▲真的很想收集許多「量產小熊」然後排在一起呀。不知道是否有「藍色機體」以及「有裙子版本」的小熊呢？

◀以軟膠做成的面具能夠穿脫，拿下來就會變成普通的小熊。

⊕ 14 廉價角色模型

雖然亞洲山寨版商品的價格以及製造成本基本上都很低廉，但是其中又有擺在雜貨店與路邊攤販賣的「更廉價」商品。就因為是人氣角色，這種類型的需求也就隨之增加，而許多的『鋼○』相關商品當然愈更加多元化。就連造型很隨便的機體也有鮮豔的色彩，完全可以說是貫徹「山寨精髓」的商品。

這個創意是來自於最近紅極一時的鋼○主角機。只是包裝盒上的商品名稱就只寫著「Robot」，讓人看了不禁感到有些悽涼。其中股關節的裝法非常獨特，就只是以腰部裝甲前後夾住雙腿而已，因此雙腳就只能夠左右張開。雖然不是一個很令人振奮的機能，總之按下背上的開關，胸口的LED就會發光。

⌢ 約37公分
🔧 POLY樹脂
💡 會發光

這是名稱為「SPACE ROBOT」的鋼○農型商品。其中最引人注目的地方，是胸口上很有亞洲風情的亮晶晶獅子浮雕，以及迷你迫擊砲型的加農砲外觀。至於手腳配件與下一頁所要介紹的吉○克可以共通使用。這個系列都有內藏胸口LED會發光的機能。

⌢ 約22公分
🔧 POLY樹脂
💡 會發光

⌢ 約21公分 🔧 POLY樹脂 💡 會發光

量產機・○姆也有系列商品。可能是因為量產型的緣故，胸口上的浮雕也稱不上是獅子，反而還比較像貓。如此量入為出該不會是因為製作者本身的天性所致吧？這個系列也有其他種類的商品存在，不過全部都是以「紅」、「藍」、「黃」三種顏色所構成。

⊕ **廉價角色模型**

可說是初代鋼○最終敵人的吉○克。它最大的賣點就是沒有腳，但是這裡卻很親切地替它製作了雙腳，呈現出不曾有過的完美型態。並且不知道為什麼裡面附有甘○使用的盾牌。

約21公分

POLY樹脂　會發光

約31公分

POLY樹脂　會發光

內容物真如其名包裝在盒子裡的薩○。按照包裝看起來應該是「夏○專用機」，不過商品本身的配色似乎沒有什麼關聯性。至於頭上的角並非依照原作所製作的形狀，而是宛如鯊魚的背鰭。

約17公分(鋼○)
約12公分(薩○)

塑膠製

無(關節可動)

是烤漆很炫的鋼○以及通常配色的敵機同梱商品。話說裡面的鋼○是自從日本平成年度之後的作品，敵方機體也是初代版，但是內附的VCD卻是當時的最新作品「種」，還真是一個跨世代的組合商品。

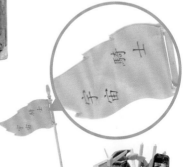

約17公分　塑膠製　可合體

這是沿用日本市面上所販售玩具的一個商品。原創作品的『機動武鬥傳G鋼○』，內容是在描寫各國代表的鋼○相互競爭，而這架機體在原作設定當中就是『中國代表』。配色雖然與原創有所出入，但是山寨版所使用的配色堪稱可圈可點。話說內附「旗子」上面所寫的字樣，根本就是其他作品的標題嘛。

▼本來想說是出自於大型的模型廠商之手，應該會是一個正版商品，但是最重要的標題卻有混水摸魚之嫌(英文倒是沒有拼錯)。

◀如果小朋友一打開盒子發現原來是這個東西，應該會瞬間囧掉吧。

▶如果有模型師能夠把這個商品做得很帥，我真的會佩服到五體投地。

木工作 カンダム II ロボット

👤 約36公分(木板)　🔧 木頭　🧩 組合模型

說到日本的鋼○相關商品，最先想到的應該就是塑膠模型了。對韓國來說應該也是如此才對……但是，在那裡不光是「塑膠」而已，就連木製模型也有上市。發行公司是韓國頗有名氣的模型廠商。打開包裝可以看到裝在裡面的「木板」以及「木棒」，並且還有一把算是優惠贈送的刀片。細看木板上面已經有裁切線，只要依照裁切線就能夠輕鬆分解，並且遵循包裝背面的說明書組裝，就能夠做出一台帥氣的鋼○……才怪，想也知道這是不可能的啊。

塑膠模型
16　市面上的塑膠模型當然也有山寨版本。雖然存在有幾可亂真的盜版商品，不過這裡想讓焦點放在山寨版特有的奇異怪商品之上。

👤 約26公分(箱子)　🔧 塑膠製　🧩 組合模型

稱為「SKY FIGHTER」的這個模型，其實是沿用自○式。不過最引人注目的是包裝上的跆拳道二段踢。當然就算把模型組裝完成，也無法擺出這樣的姿勢。

👤 約29公分(紙板)
17　🔧 紙　🧩 組合模型

MOBILE FIGHTERS 3D DIY

距離韓國推出木製模型十幾年之後，中國也推出了以紙做成的模型。雖然說是「紙」，其實也是加工過的厚紙板。表面則是印有各個配件的外觀，只要把配件數目繁多的這個東西完成，相信「一定會很帥的(基本上算是)吧」。真是不禁令人佩服科技的進步。話說韓國現在(並非與『鋼○』有關)也有推出擬真到維妙維肖的紙張模型，而且還能夠當成玩具來使用呢。

▲感覺商品LOGO也在微微地強調著「我是爆種系列」。

▲原本裡面裝有大約10張的厚紙板，配件數量也多到組裝起來有些複雜。

這個模型則是無論從包裝到內容物都與日製的商品不同。雖然包裝盒上是寫普通型，不過內容物卻是修改自高機動型(商品名也有寫「R」)。模型本身與日製相同機體模型相比，配件數量少了許多，可說是一個簡化的商品。

👤 22公分(箱子)　🔧 塑膠製　🧩 組合模型

GENERAL
MARSHALL

18

 約43公分　　 塑膠製

可穿脫鎧甲、會發光、發聲

市面上也有存在鋼○招牌之一的『武者鋼○』商品。雖然主流玩具大多是Q版的塑膠模型，不過依然還是有販售擬真版的塑膠模型。在韓國市面上則有放大將近2倍之多的「武者」玩具商品。由於它連原創商品的武器以及鎧甲都有細心製作的緣故，因此放大之後可說是魄力滿點呢。

▲附屬的刀也能夠收在刀鞘裡。來福槍則有附屬發光&發聲配件。

▲也可以脫下鎧甲變成原始狀態的鋼○。話說頭盔的造型與原創作品稍有差異。

 專欄 5.中國的動漫圖畫書

我在中國雜貨店裡找到了適合低年齡層的圖畫書。由便宜紙張加上釘書針製作而成的冊子，每本價格約為日幣50圓左右。雖然有『孫悟空』、『封神演義』等中國作品，但是來自於日本的英雄或是機器人作品卻佔了絕大多數。由於都是不太會畫圖的人按照著日本雜誌等書籍繪製而成，因此每一頁素描都走樣到不堪入目的程度，簡直就像是從背面觀看動畫草稿的感覺嘛。

◀不管是上方左頁的主角或是下方的機器人，簡直就像是在看一本異想天開的搞笑漫畫。

▲標題、封面以及內容，全部都是來自於不同作品的次元圖畫書。話說「高達」是鋼○在中國的譯名。

▲市面上超人力○王的圖畫書佔比最多。這邊也同樣有出現在封面的英雄人物，但是在內容裡找不到的狀況。

▲圖畫書的內容是介紹超人力○王的必殺技之類，但是光波等表現方式都只是「嗶嗶嗶〜」那樣隨手塗鴉而已。

▲胸前標誌的造型是仿自於『蓋○機器人』。至於玩具本體應該是原創設計。

ROBOT 88

19 約25公分　合金　 發射拳頭

▲背上的火箭噴射器能夠當成槍拿在手裡，並且還有附屬雞冠般造型的斧頭。

如果說到巨大機器人的始祖，應該就非『鐵○28號』莫屬了。這個擁有悠久歷史的機器人，就算在亞洲其他的國家也同樣耳熟能詳。台灣則是在市面上發行以這個機器人為雛型的合金製玩具。雖然除了原創作品所沒有的胸前標誌之外，其他部分幾乎都一模一樣，但是仔細看手臂上標誌以及包裝的商品名稱，竟然都是「88」這個數字。咦？不是「28」嗎？難道是二代機……不會吧？

鐵人 28號

20

約23公分

塑膠製

無(關節可動)

▲由於包裝盒貼有韓國國內的註冊商標，所以在當地應該被視為正規商品。

▶有附屬自創造型的武器。

『鐵○28號』在韓國一直是非常有名的角色，重製過好幾次的作品在韓國也同樣都有著超高人氣。就連日本在90年代推出加上「超電動」設定的續篇作品，也同樣非常火紅。該作品當中除了重生成為現代造型的鐵○之外，初代鐵○也同樣有在裡面登場，甚至在韓國受歡迎到推出就連日本當時都並未販售的初代玩具。

GOD MARZ ROBO vs CAR

21

約10公分

塑膠製

可變形、迴力車

▶附屬的角色模型是塑膠製品，因此應該算是「鉛筆上方的裝飾品」吧。

在亞洲玩具當中，經常發生封面有印製與內容商品毫無關係的英雄人物，但是卻沒有附屬在裡面的狀況。就這一點看來，這個商品算是很有良心了，因為印製在封面上的著名電玩角色人偶確實有附屬在包裝盒裡面。不過附屬人偶並不能與商品主打的機器人合體，而且也無法乘坐在裡面，完全是一個多餘的存在。

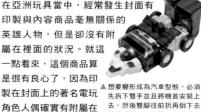

▲想要變形成為汽車型態，必須先拆下雙手並且將機首安裝上去，然後雙腳往前折再倒下去就完成啦，至於拆下來的雙手丟在一旁就可以了。

六神王

22

約16公分　POLY樹脂

無(頭與手腳皆可動)

◀雖然原始創意是來自於六機合體的『六神○體』，不過這個「六神王」根本就沒有那種機能，而且除了臉之外，整體造型幾乎可以說是完全不同的東西。

以台灣、香港為中心市場的日本舊式合體機器人玩具，現在吹起了一股熱潮。不光是亞洲地區製造的盜版玩具熱賣，就連貨真價實的日製古董級玩具更是擁有不凡的身價。但是說到「古老的山寨版商品呢？」，就現狀來說，除了愛收集的無聊人士之外根本沒有什麼銷路。就連這個「六神王」也很有古早味呢……。

23 MIGHTY TAKA-KANAKA / MIGHTY KOKAI-MUN

約11公分

塑膠製

可變形

其實不是只有亞洲地區才會販售山寨版玩具,就像這個「MIGHTY TAKA-KANAKA」以及「MIGHTY KOKAI-MUN」就是美國所販售的商品。這個玩具的原始創意是來自於『戰闘メカ ザブ○グル(Combat Mecha Xabu○gle)』的主角機,所以才會取了一個「很有日本味」的名字吧。確實「TAKA-KANAKA」是蠻像日本人的名字啦,不過「KOKAI-MUN」到底是什麼呢?至今仍是一個謎團。

■ 本體跟日製廉價版玩具幾乎是大同小異。至於這個山寨商品的重點,就是令人傻眼的商品名稱。

24 DOUGRUM

約19公分

塑膠製

無
(關節可動)

人稱「擬真系」的機器人在亞洲市場,大部分都是以小孩取向的玩具做為主流。就像是這種商品的原創作品『太陽之牙達○拉姆』,同樣也是以硬派劇情為賣點的日本作品,不過在韓國卻是以組裝完成的塑膠模型來進行販售。跟原創作品相比,除了配色有大幅度的修改之外,就連裝置於兩肩上的武器也是左右顛倒。無論是第68頁的鋼○也好,韓國該不會很流行將武器左右顛倒來裝置在模型上面吧?

▶ 原本是深藍色的機體順利地變成了紅色(感覺蠻像是敵方機體的配色)。如果不把向上延伸的鐵管切斷,背包將無法安裝上去。

25 DAGMAN

約25公分

塑膠製

會發光、發聲,發射飛彈

聽說歐美地區的山寨版玩具以墨西哥與義大利兩處發展得最為興盛。這個「DAGMAN」就是在義大利發售的商品(雖然包裝上寫的是英文)。這個商品是身體採自於鋼○之後的另一部傳說動畫『傳說巨神伊○王』,頭部則是來自於另外一個玩具『微星小○人』的機器人所「加工」而成。

◀ 發光&發聲機能是沿用自日本原作的玩具,不過右手的槍是「DAGMAN」自創武器。

EAGLE MAN

26

約24公分

塑膠製

可合體、變形(？)

▲ 這是一個鳥型機體能夠裝在機器人背上的合體玩具。雖然說好聽一點是合體，不過實際上就只是卡在背上而已。

亞洲山寨版玩具其中一種有趣的玩法，就是猜猜看「原始創意來自於哪裡？」。關於這一點，這個「EAGLE MAN」可算是難易度頗高的一種。乍看之下造型很像是『絕對無敵雷○王』，不過這個機器人就只有模仿頭部以及鳥型機體的造型而已。其實胸部配件是來自於『銀○烈風』，而身則幾乎都來

▶ 說明書上雖然沒有寫，其實合體狀態可以變形成為飛行型態。不過很可惜的是無法讓上下半身分離。

自於『機甲界加○安』。另外飛行機體的合體方式是來自於『超電動機器鐵○28號FX』。雖然讓人覺得眼花撩亂，不過應該能夠了解「EAGLE MAN」的本尊到底是誰了吧？

GRANGJO

27 約27公分 塑膠製 可變形、穿脫鎧甲

說到「驗明正身」，其實亞洲玩具還有存在著「完全變成另一個商品」的種類。例如說這個「GRANGJO」，就是做得很像『魔動王Granz○to』（連商品名稱也很像），但是當脫下鎧甲，就會化身成為另一部變形機器人動畫當中登場的角色。由於這個機器人原本就是仿自於『變○金剛』商品中的「六段變形」高級玩具，因此再加上能夠裝上鎧甲變身成為另一個模樣，反而似乎讓人有種賺到了的感覺，只是無法「變形成為一張巨大的臉」這點，可能會讓期待有動畫般活躍的小孩們感到很失望吧。

▲ 能夠透過著裝變成為其他角色的多段變形機器人，簡直就像是擁有忍者般的變身術呢。

◀ 包裝上寫有「六段變形」的說明。打開包裝之後，裡面還有一個內蓋DX款式的包裝盒。

▲ 明明裡面那台機器人的配色是紅色以及白色，非常符合火○王的風格，但是不知道為什麼鎧甲配色太過於莫名奇妙了，以致於整體給人的印象完全不一樣。

英雄機器人 079

28

鋼鐵勇者

約18公分　　塑膠製　　合體(附屬機體)

每當在亞洲地區的店家前面看到從未見過的機器人,都會感到雀躍不已。但是每次實際拿在手裡,發現它出人意外的原始身分之後,就會有一股「被耍啦!」的感覺,但是都會情不自禁地露出笑容,這個「鋼鐵勇者」正是完全符合上述情況的商品。明明是一身符合時下流行的模樣,但是卻又給人有一些不夠帥氣的感覺,老實說這樣的第一印象完全正確,因為它的真正身分就是『金○戰神』。這是以最近發售的成人取向合金玩具為雛形所修改而成的商品,就只是把角的形狀、配色進行更動,並且增加一個胸前裝飾而已,不過光是這樣就給人如此不同的印象,實在是令人佩服得五體投地。

▲ 由於外型改變而且簡化各個部位的機能,因此無法與UFO型機體進行合體。

■ 包裝裡所附的機體可以合體成為另一台機器人。內附的DVD則是有「鋼鐵勇者」活躍的動畫……才怪,裡面所收錄的機器人動畫跟這個一點關係也沒有。

29

太空警機合體

▶ 實際上就只是變更角的形狀與配色,但是整張臉給人的印象卻完全不同。

▲ 附屬的合體機體也有獨立販售。

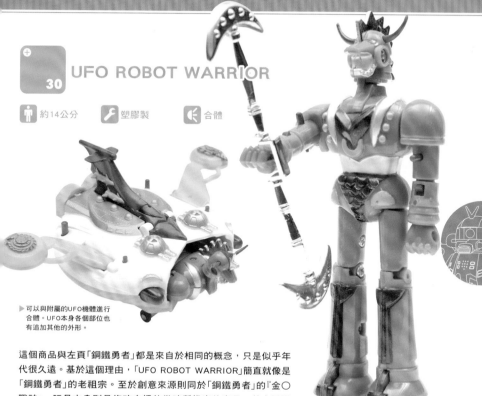

⊕
30 # UFO ROBOT WARRIOR

👤 約14公分　　🔧 塑膠製　　⚡ 合體

▶ 可以與附屬的UFO機體進行
合體。UFO本身各個部位也
有追加其他的外形。

這個商品與左頁「鋼鐵勇者」都是來自於相同的概念，只是似乎年
代很久遠。基於這個理由，「UFO ROBOT WARRIOR」簡直就像是
「鋼鐵勇者」的老祖宗。至於創意來源則同於「鋼鐵勇者」的『金○
戰神』，玩具本身則是修改自播放當時所推出的商品。其中以變
更頭部與各個部位外型，讓它
看似其他種類作品的手法也是
如出一轍。不過換個方向來思
考，說不定這樣算是原創作品跨世代風靡全球的證據喔。

▲ 在這裡成為恐龍造型的機器
人。武器則有附加著裝狀態的
配件。

▶ 頭部完全變更為其他的模樣。
話說這個UFO也能夠做到搭載原
創玩具的「禁忌玩法」。

31 VOLTES

 約29公分　　塑膠製

可變形、合體

這是在亞洲地區擁有高人氣的機器人『波○五號』(超電磁マシーン ボル○スV)，追加在亞洲廣受好評的獅子造型胸部的創意作品。只不過最大問題是出在包裝插圖與內容物的反差。雖然整體給人的感覺是還不錯，不過獅子的造型卻完全不對，重點是手工粗糙令人失望透頂，再加上原創作品的賣點是五機合體，這裡卻是除了兩台機體之外，身體與腳都只是合體配件而已。就在感到大失所望之際重新看了一下包裝盒，發現上面寫著「四機合體」的說明。看來左右兩腳設定成為車子，但是身體依然只是配件而已。

▲ 真是一個半調子的分離狀態。話說商品名稱沒有寫上代表「5」的「V」。

▲ 使用太多鍍金反倒讓人覺得很廉價。如果配色弄得好一點，說不定會變得更帥喔？

KING OF THE KING

32 約56公分　　POLY樹脂　可分離、組裝

過去與合金製機器人擁有相同人氣的就是巨型機器人了，亞洲地區理所當然也有推出這種類型的山寨商品。這個「KING OF THE KING」就是沿用自日本合體機器人『神勇○士』的身體，然後加上韓國原創人氣機器人(請參照P160)的頭部，最後變成這種「四不像」的商品。這個確實堪稱是山寨版玩具中的「萬王之王」呀。

▶ 手持武器除了刀以外，還有附屬來福槍。由於本體各部位關節做成可拆式，因此可以拿來玩「巨大機器人工廠」的場景模式。

◀ 飛行配件的組裝方式與原作恰好上下顛倒，並且因為構造的緣故，無法依照原作那樣安裝上去。

這些商品都是源自於日本發售過的廉價玩具。另外關於左側機器人的創意來源的玩具，其實在日本可說是沒沒無聞，而且原創玩具的造型也有稍微沿用自特攝英雄的機器人。就如同因果報應一般，販售這種小型機器人的日本廠商，應該做夢都沒有想到海外竟然會發行山寨版的自家商品吧。

▲右側是沿用『蓋特機○人』的廉價版玩具。至於左側小型機器人，原先是金屬製的部分全部都變成塑膠製品了。

▲乍看之下很像是兩個不同的商品並排在一起，事實上卻是兩種不同包裝合成一組的特殊設計。

33 連結戰車軍團&三一萬能俠(台譯：蓋特機器人)

👤 約12公分　　🔧 塑膠製　　🔊 無(關節可動)

34 超星合體 超級組體版

👤 約18公分　　🔧 塑膠製　　🔊 可變形、合體

■分離狀態的生物機體，分別是「鳳凰型」、「獅子型」、「狼型」以及「甲龍型」。

將兩個不同的人氣商品混合成為一個機型，是之前所介紹過的亞洲山寨版玩具製作手法之一。而這個商品就是把特攝作品『超星○』登場的五台合體用機體，換成另一部動畫作品『機獸超○紀』。雖然「更換顏色藉此魚目混珠」的商品很常見，不過這個商品卻是將外形看似洛○德的各個機體配件全部重新製作。畢竟這裡要讓它們合體，因此也算是出自於無奈吧。總之就以歷史的角度來看，它可以名列在「製作優秀的山寨版商品」裡呢。

▲中心部位機器人的外形與特攝作品中登場的機體幾乎一模一樣，不過變形功能被取消，在配色上也有所差異。

▼能夠重現動畫中登場的「獅子型」以及「鳳凰型」合體型態。

▶以特攝作品的機器人位於中心，其他洛○德則分別合體在手、腳以及背上。

⊕

35

七合一
無敵戰士
組合體

約26公分

塑膠製

可變形、合體、迴力車

▲看似SF玩具的包裝盒讓人非常心動。商品名稱「七合一」的意思是「7機合體」。

▲直接從軀體長出「拳頭」、「腳掌」的搞笑體型，理所當然無法將兩隻手放下。

▲沿用自原創玩具的頭部機體以及拳頭機體，分別都放大了一倍。

◀合體時並未使用到的戰車型機體下半部，能夠
讓角色模型搭乘在上方。

在動畫中登場的主角機器人，最高合體機數
其實高達15台之多，而這個「15機合體」的
『百獸〇(台灣譯名為聖戰〇)』玩具商品上市
時，更是引起全世界一片嘩然。既然如此，
理所當然也會出現山寨版玩具，但是15機合
體對山寨版來說似乎是不可能的任務，因此
台灣便推出了銳減到只能夠7機合體的這個
商品。原本是由15台機體，以宛如塊狀的模

▲附屬的角色模型有著一張很像是鋼〇機體的長相。

樣合體成為帥氣的機器人，但是由於數量減半的緣故，變成了這副方方正正的拙樣。為
了彌補造型上的遺憾，因此加入了原創玩具所沒有的角色模型，讓這個商品比起原創玩
具更多了另外一種娛樂的方式。

▶改變合體方式也能夠變成
一架巨型載具，整體造型
應該有參考原作吧。

DUNK-Z ROBOT

36 約30公分　塑膠製　可搭載角色模型、合體、變形

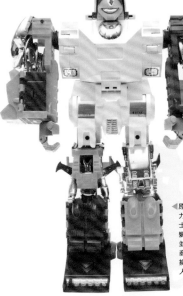

▲原先並沒有合體能力的玩具『機○勇士』，透過合體而變成強化機器人。並且原本搭載其他商品的部分，也都換成了超級系機器人。

■從『金○大魔神』、『鐵○28號』到『神勇○士』、『アク○パンチ(AKU○BANCHI)』等懷舊機器人都能夠合體。

▶超級機器人裝上裝甲之後，能夠使用上面的接點合體成為巨大機器人。

▲根據包裝盒的說明，似乎以不同的合體方式，能夠呈現出巨大空母的型態，不過礙於實際配件的精度問題而無法達成。

▼▲內附與商品毫無關係的塑膠模型，這個塑膠模型也有獨立販售。

如果高人氣巨大機器人能夠超越作品的隔閡來一場大團圓的劇碼，那樣該有多好呢？相信只要是男孩子，在小時候都一定有過這樣夢想才對。韓國就以玩具的方式實現了這個夢想。像是『金○大魔神』、『鐵○28號』等6公分左右的機器人模型可以穿著強化裝甲，並且還能夠組成一台巨大的機器人。只不過完全可說是實現全世界小朋友共同夢想的這個商品，根本就是沿用與這些一點關係也沒有的變形機器人動畫中登場的合體機器人。即使如此，只要一想到這個機器人活躍的模樣，就連年近40歲的大叔也會感到興奮的這一點看來，真的是太令人覺得不可思議啦。

▶背上的翅膀裝飾以及「B」字標誌，都是與『蝙○俠』造型英雄共同演出時，所遺留下來的痕跡。

⊕ **MAZINGER-Z**
37 **ブーメラン(Boomerang)**

👤 約19公分 　🔧 塑膠製 　📡 可變形、發射拳頭

目前仍在封鎖日本文化進入國內的韓國，存在著標題很類似某個日本人氣動畫的自製動畫(兩者毫無關係)。而這個商品就是「標題類似某個日本動畫，但是卻毫無關係」、「韓國自製動畫」的主角機器人。除了頭部形狀稍微類似某個日本有名的機器人之外，本身造型與「可變形成戰車」的設定完全屬於不一樣的東西。只不過在這個山寨版機器人的眾多劇場版作品之中，竟然還曾經出現與『蝙○俠』(相似角色)共同演出的內容。

◀根據發售時期的不同，市面上還有存在「Z」部分變成「7」的商品。

▶從機器人變形成為戰車。本身則是沿用自『逆轉○發人』(逆転イツ○ツマン)的頭部再稍做修改而成。

⊕ **MARZINGER-X**
38 　👤 約19公分 　🔧 塑膠製 　📡 可變形

以下要介紹的是名字修改得更多的機器人。它並不是叫做「マ○ンガー」(MAZ○NGER)，而是叫做「MARZINGER」，並且要小心它不是「Z」，而是「X」喔。由於這個商品本身也同樣是沿用自其他機器人動畫的玩具，因此能夠從漫畫造型機器人瞬間變成英雄機器人，可以說是內藏著老祖宗「Z」完全意想不到的機能。話說雖然有推出這個商品，不過在市面上並沒有存在「～X」的動畫作品，而且也不確定是否有這種商品登場的動畫作品。

◀◀▲將漫畫造型機器人放成倒立的狀態，就能夠變形成為英雄機器人。至於英雄狀態的頭部，則是修改自『超力ロボガ○ット(超力ROBO GARAT○)』。

◀▶市面上有不同頭部造型的兩種版本。不過說句真心話，總覺得「金○大魔神」比較適合這種高挑比例的身材。

TRANS JET GIANT

39 👤 約33公分　🔧 合金　👊 發射拳頭 各部位可開關

最近由於動畫又再次受到討論，老式機器人的新作玩具也因為現代技術而做得更為帥氣，但是早期的台灣，似乎抱持著一股「無論如何都要推出那台人氣機器人的新產品」想法。經過一番波折，最後就只是替換成為其他玩具的顏色以及頭部，做得稍微有模有樣而已。不知道基於什麼理由，總之因為沿用自『黑豹○奇』系列玩具的緣故，最後成為了一台身體跟手腳能夠打開，裡面卻空空如也的怪異機器人。不知道有沒有很多小孩因為那個空蕩蕩的內部，最後迫於無奈隨手塞進一隻人偶或是秘密寶物在裡面呢。

◀原創玩具能夠收納一架小型機器人在裡面，但是因為這裡沒有內附小型機器人，因此裡面就像這樣空空如也。

◀試著將毫無關係的角色模型收納在裡面。

◀在台灣似乎是長期銷售的商品，依照發售時期的不同，存在著其他種類款式的包裝盒。直式包裝盒是初期產品，橫式包裝盒則是後期產品。

▲ 模仿「金○大魔神」的合金玩具。整體造型算是中規中矩。

▲ 雖然不太容易看得出來，不過頭部是『百獸○(聖戰○)』。手腳也做成百獸○(聖戰○)的樣子，就很容易看出來了。

▲ 本尊不明的原創機體。那張很有味道的長相不禁讓人心生好感。

TRANS-JET SPACE WARRIOR

40　約14公分　　合金　　發射拳頭

說到機器人動畫的人氣商品，就非合金製品玩具莫屬了。由於目前有推出重製商品，因此當時的舊式合金玩具便成為了收集者垂涎三尺的極品。合金玩具在台灣也是一樣，從以前就有著很高的人氣，因此也發售許多想要搶搭順風車的山寨版玩具，其中就連「從來沒有任何人看過的合金玩具」也出現在市面上進行販售。在過往著名的機器人商品架裡，經常會有許多從來沒有看過的機體混於其中，就連鋼○臉的機體都有在裡面呢。只是我想就算很得意地跟朋友說「當時有販賣這種商品喔！」，應該也不會有人相信吧。

▲ 跟其他機體相比之下，也算是較正常的造型。只是沒有合體用的UFO。

▲ 修改自『霹○日光號』的機體，內附有專用武器以及翅膀。

▲ 無論怎麼看，頭部確實是『鋼○』。既然如此乾脆也把身體塗白就好啦。

Color Bear

41

約5公分

PVC

頭盔（？）可穿脱

果然小熊系列也有推出某個著名的機器人版本。雖然那副礙事的大耳朵都導致整張臉都掉了…就算如此，也還是想要將它「小熊化」啊？

▲ 由於頭部是做成面具款式，因此能夠自由穿脱。

我在中國的某個路邊發現到販賣轉蛋的機器，想說凡事都要嘗試一下，於是投入口袋裡的零錢轉了幾次。第一次轉到的是小布偶還有貼紙，第二次則是『無敵鐵○剛』的塑膠模型。雖然印象中並未有類似的日製玩具，但是這個玩具體積雖小，手工卻很精巧。心情因此很好的我又轉了一次，結果出來的卻是只裝有數發BB彈的膠囊……。

▲ 組裝起來就可以完成一台機器人。依照轉蛋上的照片看來，似乎還有其他人氣機器人的塑膠模型。

宇宙艦隊鬥士系列

42 （轉蛋）

約6公分

塑膠製

組合模型

◀ 轉蛋在中國地區玩1次大約要人民幣1元（約日幣15圓）左右。至於商品說明與內容物不符堪稱是必有的老套手法。

▶ 轉蛋包裝與日本不同，形狀比較接近雞蛋。

MAJINSAGA SEPHIA CAR

43 約12公分

塑膠製

可變形、迴力車

無論是什麼角色，總之讓它們都能夠變形的這一點，可說是山寨版玩具的壞習慣，其中又以我在韓國發現的這個玩具，根本就是角色選擇與「變形成為車子」最不搭調的一種。這個商品所參考的角色，就是『無敵鐵○剛』系列重製成為漫畫的『マジ○サーガ』主角。這個作品雖然說是重製，不過卻是成人取向的暴力內容（其實也不是機器人）。買下這個玩具的韓國小孩，我非常懷疑他們是否真的知道這個原作漫畫的內容。

▶ 參考的車種是韓國實際存在的車輛，車身側面印有很大的車種名稱。

▲ 造型果然很勉強的機器人形態，另外原作角色的腳當然不是車輛造型。

◀ 配色全部改得非常華麗。除了腳部相同之外，其他拳頭等部位則是拿原作的設定胡亂組合搭配而成。

▲ 按下背部按鈕時，腹部會發光，是原作玩具所沒有的機能。

INVINCIBILITY ROBOT

44 | 約34公分 | POLY樹脂 | 發射拳頭、會發光

若干年前，曾經有過巨型尺寸的模型機體與合金機器人玩具互相瓜分人氣的時代。不知道是否因為還對這件事情仍然記憶猶新，泰國在2000年左右突然發售這種系列縮小版本的山寨玩具。雖然變成不是「巨型尺寸」，但是似乎仍然受到泰國、亞洲等地狂熱愛好者們的支持。因此，台灣與中國又再進一步沿用製作而成的山寨商品，就是此處所要介紹的「INVINCIBILITY ROBOT」……還真是一段複雜的歷史呢。

⊕ 專欄

6.中國的萌系問題集

我在中國書店裡發現到書有這些可說是「非常萌」的插圖書本。原本以為是與動畫有關的書籍而拿起來翻閱，結果竟然發現是學生專用的問題集。我開始興高采烈地確認書本裡面內容，很可惜就算封面畫有插圖，內容仍然非常一板一眼。看來這本書籍只是非常普通地提供給一般學生，而並非是給阿宅使用的教科書。話說日本都有發行以萌類型角色教導英文的參考書(這個確實是給阿宅使用的書)了，看來在中國的市面上出現給阿宅專用參考書的日子應該就快要來臨了吧？

■ 雖然封面很像是同人誌，不過內容卻是非常正規的問題集。

VOLTRON Ⅲ

45

約26公分(大機器人)

塑膠製

可變形、合體

◀所有機體全部排在一起,而且還能夠進行合體喔…才怪呢,當然是不可能的啦。

▲位於合照右側的中型機器人,可以把小型機器人(照片前排中央)收納在體內。

◀位於照片左邊那台最大的機器人,能夠拆下身上獅子等配件變成這副單純的模樣。

這是唯一沿用日本玩具的機器人。雖然能夠變形成為車輛,但是卻沒有合體的對象。

▲照片左方機器人的變形模式。其餘除了這台機器人之外,都沒有變形的機能。

◀上方照片的機器人,能夠把中型機器人(照片前排左側)收納在體內。

日本動畫『百獸○(聖戰○)』在海外包括歐美等地都有著很高的人氣。由於這股人氣,亞洲地區也理所當然賣起了山寨商品,不過韓國卻完全把它當成是毫不相關的另一部動畫—『勇者凱○』的續篇機器人來進行販售。並且雖然說是沿用自勇者凱○的商品,其實就只是模仿造型以及構想而已,其他則是跟日本玩具完全不同,再加上「獅子」這個構思與百獸○(聖戰○)共通,卻做得一點都不像,就算努力做得再如何相似(只在胸口上添加貼紙),最後也變成這副看不出來到底是模仿哪一種版本的模樣了。

◀ 手腳上有老虎面孔，
這個構思是沿用自百
獸○(聖戰○)。

46

TIGER MAN

 約27公分　　 塑膠製　　🔧 可合體

不知道是不是因為「既然有獅子就來做老虎吧」的
緣故，韓國推出了這個「五台虎型機體合體」的
玩具，名稱也就叫做「TIGER MAN」。雖然它是
將百獸○(聖戰○)的原始設定換成老虎，
不過玩具本身卻是新造型。乍看之下
似乎沒有花費多少心思，但是不知道
為什麼胸
口卻有鯊

魚的浮雕，以及手持畫有寫實造型的老虎彩繪板(盾
牌？)⋯諸如此類令人覺得莫名奇妙的設計。只不過還是
很希望它能夠在命名方面多花點巧思，像是叫做「ゴトラ
(GOTORA，五虎的意思，並且近似於百獸○日文名字的
取法)也可以啊」。

▲ 老虎共通的特徵就是那條長長
　的尾巴。

▨ 分離狀態的老虎機體。至於擔任腳部的2架機體與其說是沿用自百獸○(聖戰○)，反倒比
　較貼近特攝作品『恐龍戰隊獸○者』登場的劍牙虎機體。

英雄機器人 ０ ９ ３

✛

47

Super
Combination
Robot B/O

 約30公分

塑膠製

可合體、變形、電動行走&步行

▲ 能夠把戰車的砲塔部分當成頭部安裝上去。包裝盒外面就是使用這張照片。

▲ 在機器人的狀態下可以電動步行。這個時候背上那些色彩鮮艷的配件就會進行活塞運動。在分離狀態之下，戰車也能夠電動行走。

■ 分離之後排成一直線的機體。兩腳配件沿用自百獸○(聖戰○)，頭部與雙手則是機甲艦○(聖戰○)。雖然『百獸○』與『機甲艦○』在日：
是兩個不同的作品，但是到了美國卻以相同的標題合併播出(台灣因為版權來自於美國，所以也是相同標題的『聖戰○』合併播出)。

▶在中國還有發現這個商品的縮小版山寨玩具，只是電動之類的機能都被刪除了。

讓世界上頗負盛名的『百獸○』與『機甲艦○』在『變○金剛』裡登場，並且還混在火箭基地型機器人當中，也就導致讓這種集山寨精神之大成的玩具存在於市面進行販售。再加上包裝封面的說明敘述，竟然是寫凌駕「15機合體」的「17機合體」!?馬上打開包裝一看，這個確實是複數機體合體成為機器人的玩具，但是不管我數了幾次，裡面就只有10架機體而已。於是這樣內心抱持著「根本就少了7架耶？」的疑問再次重新審視一次包裝，

發現答案就在包裝盒的內蓋裡。原來它似乎是把劍、盾、機器人狀態時裝在腳上的護具，以及可拆式的戰鬥機機首還有戰車砲塔都算在「合體」之中。但是…這樣應該只能夠算是「分解」而已吧。

◀仔細觀看包裝盒的透明部分，連背包、武器都有標示「No.1」～「No.17」的號碼。

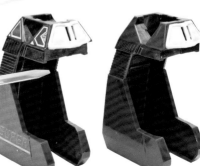

▲▶雖然感覺只像是普通的配件，不過這樣也被設定成為合體機體之一。

大空獅子王

48 約20公分 · 塑膠製 · 可變形

原創的『變○金剛』玩具也是能夠從戰鬥機變形成為獅子造型的機器人。不過這裡的變形方式是修改成為另一台變○金剛機體。

▲ 機體上方的飛彈裝置可以拆下來，變成機器人的時候可以安裝在手上。

◀ 胸部配件也可以拆下來當做槍使用，並且能夠變形成為小型獅子的機體。

◀ 腳尖部分是做成獅子頭部的形狀。

搶搭世界人氣作品『百獸○』順風車的玩具可說是多如繁星，本頁所介紹的戰鬥機型機器人與太空梭型機器人就是其中之一，其他也有變成超級跑車以及手錶之類形形色色的產品。只是大部分商品都是把既存的變形機器人變換頭部，並且把手腳配件進行修改(因為手掌跟腳尖成為獅子頭部造型也算是它的特徵)。只是可變形成為飛機或是汽車的機器人，把手腳做成獅子頭部的樣子，感覺上似乎沒有什麼意義耶。

大空戰機

49 約24公分 · 塑膠製 · 可變形

▶ 以這個「大空戰機」為首，經常有許多商品沿用自『變○金剛』。

▲ 就連小小的拳頭也設計成為獅子頭部造型。

▼ 太空梭型態完全沒有『百獸○』的影子，因此把玩具拿在手上變形的時候，偶爾會有意想不到的驚奇。

▶ 依照『百獸○』原有的設定，獅子頭部分別位於左右腳尖，只是造型稍微有些出入。

➕ 山 寨 玩 具 個 人 專 訪 山寨番長篇

■ 上海居酒屋篇

——單行本作業真是辛苦您了。

山寨番長(以下：番長) 你也辛苦啦～！總之先來乾杯吧！

——咦？嗯…乾杯(KANPAI，日文發音)！

番長 不是「KANPAI」，是「KANPEI」喔！來，一口氣乾了吧！

——嗚哇，這個酒還真是烈耶？

番長 很好喝吧？這個可是道地的紹興酒喔。

——話說這間店還真是讚耶！(地點是在上海・豫園老街的大眾居酒屋)

番長 我在上海的時候，幾乎每晚都會來這裡喝一杯…總之，快喝快喝！

——那個，目前正在進行個人專訪……

番長 這樣啊？反正文章是由我來起頭，不能到時候再隨便寫一些嗎？(店內的客人因為山寨番長的這段發言而高聲喝采)……或是直接捏造內容。

——請您認真一點啦！

番長 好啦～……那麼，我可以點「臭豆腐」嗎？

——既然如此，訪談的時候要認真一點喔。

番長 在我喝醉之前都會認真的啦(笑)。

■ 起因是香港

——您開始對本書所介紹的這些山寨版玩具感到興趣是在什麼時候？起因又是如何呢？

番長 我在高中的時候有一本名叫做『ファン○ード(Fanr○ad)』的雜誌，它每年都會舉辦一次香港旅遊的企劃。起因就是我在這本雜誌內容的旅遊心得記

事當中，看到有關於「香港販售這種奇怪玩具」的介紹。

——既然是高中時代，您理所當然還是讀者的身分吧？

番長 這是當然的啦(笑)。在那之後，有段時期就只是抱持著一些興趣而已，在高中畢業之後才實際前往香港。不過當時的目標就只是為了購買『變○金剛海外版』。因為當時的日本並不像現在這樣，那麼容易就能夠買到海外的玩具，而『變○金剛』也有很多是日本購買不到的海外版限定商品。總之我就是為了買這個，才會特別去了一趟香港……。

——所要購買的目標當然是正版商品吧？

番長 沒錯。就在我參觀香港玩具店的時候，卻看到很多(變○金剛)海外型錄上面也從未刊登過的奇怪玩具，其中還有數年前在『ファン○ード(Fanr○ad)』雜誌內介紹過的玩具，而我就是在那個時候一頭栽進研究山寨版玩具的領域裡了。附帶一提，當時所發現到的玩具就是P146所介紹的3段變形機器人。

——換句話說，那個玩具就是番長的起源囉。

番長 可以這麼說沒錯。

——結果就是造就出產上大量玩具的情景。前些日子拜訪府上時，我真是被那種驚人的數量給嚇了一大跳呢。

番長 以玩具收集家來說，我想那樣還算少呢。

——那些全部都是山寨玩具吧？

番長 不是啦(笑)，其中3分之2是正版商品。基本上我很喜歡「變形機器人」系列的玩具，光是「變○金剛」就有1000架以上，其他像是「機○勇士」以及超合金系列也蠻多的呢。

——記得曾經也有聽加藤藏鏡人先生說過「我不光只是喜歡山寨版玩具而已」。

番長 就如同剛才說過的那樣，我很喜歡「變形機器人」，因此我所收集的亞洲玩具，基本上也都是變形機器人，其中也僅限於「有趣的變形機器人」來做為收集的一部分。過去有一次我前往日本模型店預約新上市的玩具時，由於店員似乎知道我是誰，甚至還直接問我說「山寨番長也會購買正版商品啊？」，想當然我是會買的啊(笑)。就像是每年出產的戰隊系列玩具，我也會全部都買齊喔。另外，昨天我也在這裡(上海)的百貨公司買了『變○金剛』的新產品呢。

——話雖如此，您所擁有的山寨版玩具數量應該還是很驚人吧？

番長 拍攝起來還真是辛苦呢～。

——攝影師也說過「比想像中還要累人」。

番長 畢竟在拍攝結束之後，我也暫時很不想要再碰到玩具啦(笑)。

——話說設計這些英雄、角色商品的日本廠商，都會知道山寨版玩具的存在嗎？

番長 我想應該是知道才對。因為像是玩具製造商以及英雄作品設計公司的工作者，似乎都對自己的作品成為亞洲山寨版商品的事情很感到興趣。就像之前有某個產品設計師問過我「我做的○○○(玩具名稱)在亞洲有推出山寨商品嗎？」這樣的問題喔。

——畢竟會推出山寨商品，就代表原創作品擁有世界性的高人氣吧。

番長 只不過以這些廠商的立場來說，實在不是什麼能夠四處宣傳的光榮事蹟呢(苦笑)。

■「山寨」的堅持

——話說山寨番長…您對「山寨玩具」有什麼樣的堅持嗎？

番長 其實我覺得「山寨版」跟「盜版貨」是不一樣的東西。舉例來說，製作與日本人氣商品極為相似的複製商品，並且將商標以及標籤原封不動地拿來使用就不叫做「山寨版」，而是「盜版貨」。其實亞洲某國家在數年前，有推出與日版超合金很相似的盜版商品，並且還偽裝因為年代久遠而有瑕疵的商品，然後放在網路上或在日本精品店裡一起販售的事件。這種情況已算是惡質的詐欺了吧？或是在其他廠商發售之前從工廠偷走成品，然後以手工精巧製作的盜版貨比正版商品還要更早上市……這種情況就實在讓人笑不出來了吧？我所認定的「山寨版」並非是「盜版貨」，而是「模仿」；不是「假貨」，而是

很「有趣」的一種商品。就像是『湯○士小火車』的合體玩具，無論是誰看了都不禁會想想笑吧？

——原來如此。

番長 只是我想亞洲地區的玩具製造商應該不會這麼認為吧。

——感覺上話題似乎開始變得很認真了。

番長 明明就是你說要認真一點的啊(笑)。

——話說您有參觀過亞洲各國的玩具店吧，各個國家之間有什麼樣的差別呢？

番長 啊～關於這件事情…一時半刻實在是說不完，等到明天再找機會繼續說吧。

——咦？

番長 因此就「P147待續」啦。總之今晚就先喝吧……我要加點酒！還有送一盤回鍋肉來喔！

🔸 山寨番長【玩具冒險家】
世界番長聯盟公認的番長。喜歡的上班族：林先生。本人幾乎堪稱是由山寨靈魂所構成一般的存在。除了玩具之外，還有「以山寨版藝人身分出現在CS的綜藝節目」、「舉辦山寨版摔角手大型集會」等諸如此類，總之與山寨版有關的壯舉可說是不勝枚舉。

④章 食玩&廉價玩具

在亞洲地區，並非只有玩具店販賣玩具。基本上跟日本一樣，便利超商、雜貨店、高速公路休息站之類的地方都是玩具收集狂必須要多加留意的場所。在便利超商裡，會販賣食玩(內附玩具的零食)以及角色模型等商品。超商所販售的商品中，既然有正版商品就會有山寨商品。就像某個與日本同名的超商，偶爾也會販賣日本著名角色的相關商品，並且還有一些連日本都尚未發售的限量發售商品，因此絕對不可小覷。至於雜貨店前方所販售的糖果以及魷魚串旁邊，也會擺著不小心就玩壞的廉價小玩具(雖然山寨玩具本來就是以便宜且容易損壞的現象居多)。亞洲等地的雜貨店基本上與日本當地的店家大同小異，經常可以看見放學回家的小學生，手握零錢一起前去購買那些看似對身體非常不健康的便宜零嘴。至於身為老闆的老爺爺或是老奶奶，看到像我們這種玩具收集狂在店內物色商品時，就會以不悅的語氣開口說「這裡沒有什麼古董玩具啦！」

🧍 尺寸
🔧 主要用料
🎮 內藏機能

Marble Gum
內附各種玩具

01

 約14公分(盒子)

 PVC、塑膠、紙(依商品而異)

 各有不同

這是我在台灣雜貨店裡發現到的食玩，包裝盒上方畫有兩種外貌稍有出入的貓角色。當我打開畫有內附山寨哆○夢等玩具的盒子，發現裡面還有印著其他貓角色的盒子。再次打開內藏的盒子之後，終於讓我找到的內附玩具竟然是狗角色。這些內附玩具全部都跟封面所畫的圖案不相同，並且仔細看還有只剩下一顆頭的玩具。雖然好吃的內附口香糖算是唯一的慰藉，不過很好奇這是什麼口味而看了一下包裝盒，上面竟然寫著「ヌンゴ(Nungo)＋オレンヅ(Orenzi)」。哎～這個到底是什麼鬼東西啦。

▶ 內容物是「盒子裡面又是盒子」的搞笑狀態，並且內容物跟外包裝插圖的角色一點關係也沒有。

▲「ヌンゴ(Nungo)＋オレンヅ(Orenzi)」味道的口香糖，是以4粒球狀的方式裝在盒子裡，簡單說就是日本雜貨店常見的那種類型。

◀ 裡面裝著2.5隻(只有一顆頭)的世界名狗·史○比。

◀▶ 內附玩具似乎就只是湊數而已，每盒所附的東西都不一樣。

TANK KNIGHTS FORTRESS

02 糖果

 約16公分(盒子)　　 塑膠製　　 組合模型
可變形

▲▶ 這是未組裝完成的塑膠模型(右)以及糖
果。但是這個商品並沒有專屬糖果,就只
是市面上常見的類型而已。

這是連在日本也有播放動畫
的韓國人氣線上遊戲「瘋○
坦克」的食玩。雖然這個商品並未在日本發售,不過確實擁有正式
版權。全部共4種的塑膠模型製作得非常精良,並且還能夠以換裝的方式從坦克變形成為機器人。
其中還包括這個商品才能夠變形的非立體角色。

■ 塑膠模型也有附贈塗裝用的貼紙。雖然大部分都是換裝變形,不過
也有無需換裝就能夠變形的機體。

TRANSFORMERS

 約13公分(盒子) 　 軟質塑膠 　 組合模型、可變形

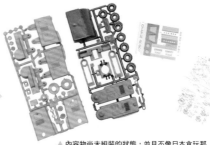

▲ 內容物尚未組裝的狀態，並且不像日本食玩那樣有內附零食。

◀ 出售方式是以箱內的盒子為單位販售，並且以打開外箱的狀態放置在中國的店家前方進行販售。

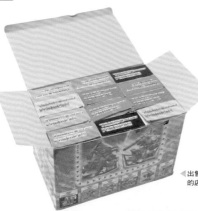

包裝上印有很大的『變○金剛』商標以及商品照片。對於變○金剛的粉絲來說，有些人看到這種包裝盒說不定會覺得「應該沒有推出這種系列的食玩吧？」，或是覺得「真是太稀奇了，非買不可！」。只是當打開包裝盒，組裝完畢內附的模型之後，應該會大吃一驚（大失所望？），因為將會組裝出與包裝相似卻又不太像的粗壯型機器人。雖然確實能夠從機器人變形成為車輛，並且就造型上來說也有它獨創的風格，只不過如果期待變形之後能夠像包裝盒上面那樣帥氣的話，這樣落差未免也太大了吧。

▲ 變形成為消防車的機器人。由於內容物的配色是隨機決定，因此成為這一身綠色的模樣。

▲ 可以變形成為卡車。由於配件做得不夠精細，換裝變形之後會呈現歪向一邊的狀態。

▲ 可以變形成為貨櫃車。這個系列的機器人基本上都沒有頭部，而是以車頭來當成機器人的頭部。

▲ 可以變形成為吉普車。這個系列的車子雖然造型上完全不同，但是基本構想算是與包裝盒外出現的角色很相近。

▲ 內附的說明書不知道為什麼都是超小的尺寸。由於插圖跟文字都非常小，因此光是閱讀都會覺得異常困難。

▲ 可以變形成為賽車。雖然每個商品的變形方式都很單純，但是因為配件數量過多，以致於組裝起來還挺複雜的呢。

▲ 可以從機器人變形成為戰車。透過軟質塑膠配件以及內附的紙製貼紙，表現出整體的架構。

▶ 雖然包裝插圖是沿用美國漫畫的『變○金剛』，不過這個跟內容物當然一點關係也沒有。

▼ 由於配件製作得非常粗糙，因此有大量的多餘配件與本體無法結合。其中也有一部分幾乎呈現無法組裝的狀態。

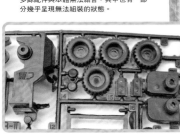

⊕

04 韓國的100圓玩具

雖然最近已經比較少見到了，不過韓國玩具店的角落都一定會放置定價1000韓圓（約折合日幣100圓）的廉價玩具。這些玩具除了玩具店之外，也會放在雜貨店、文具店等地方販售，並且共通點幾乎都是「帥到掉渣的包裝插圖」以及「遜到超悶的內容商品」。雖然造型與構思都是沿用自日本作品，但是商品本身幾乎都算是原創，其中也有可以變形的玩具。接下來就介紹這類韓國廉價玩具的其中一部分。

這個商品名稱是「鐵金剛7」。雖然標題頗似某個日本人氣動畫，不過「～7」卻是韓國上映過的原創作品，機器人的造型也是以該作品做為基準。只不過包裝盒上所畫的兩名角色卻並未在作品中登場……。

包裝盒上的帥氣插圖為「雙手是百獸○，身體則是恐龍戰隊獸○者的剛○神，臉孔則是鋼○」，雖然商品本身是有點虛，不過內容物確實跟包裝盒的圖案一模一樣。

這個創意來自於與包裝盒標題相同的日本著名機器人『金○戰神』。設計成像這樣頭很小、手臂與身體卻很「粗壯」的超級機器人體型可說是非常有特色，只不過很可惜的是手腕沒有製作尖刺的圖案。

乍看之下雖然很像是原創設計，不過仔細分析可以確認「頭部是迅雷(出自於『變○金剛：超神Master F○rce』)、雙腳是勇者達○、背部是安○羅(○NSLAUGHT，出自於『變○金剛』)」。

這是原始創意不明的機器人「POWER MAX」。有點像是『機○勇士』的主角機器人バイ○ンフー。

⊕ 韓國『100圓玩具』

原始創意是來自於日本英雄戰隊『超新星閃光〇』登場的「閃〇王」。雖然包裝盒上印有變形成為太空船的狀態，實際上卻只是讓它趴下而已。

這個商品的原始創意則是來自於英雄戰隊『鳥人戰隊噴射〇』的『噴射伊卡〇斯』。與上面所介紹的機器人一樣，只要趴下就能夠變形成為飛行狀態，不過這種手法在日本廉價版玩具中也很常見。

這是擁有「POWER LAND」如此奇妙名字的機器人，創意是來自於日本英雄戰隊『五星戰〇大連者』登場的『龍星〇』。腳部造型則是修改自其他種類的機器人，而且沒有任何變形機能。

雖然創意是來自於跟上一頁「POWER LAND」同樣的『五星戰○大連者』，不過這台機器人是修改自合體之後的「大○王」。只是造型並沒有如同原創那樣笨重，而是比較高挑纖細。

▼微妙的變形狀態也有忠實呈現在包裝盒外面的插圖之中。

雖然原始創意是來自於「霹○日光號」，不過商品名稱「STAR GINGGA」卻比較近似於另一部日本動畫的標題。各個部位都擁有變形用的可動部分，（真的）可以（算是）變形（？）成為飛行狀態（嗎？）。

▶變形成為飛行狀態！只是那副趴下的模樣，讓人覺得簡直像是在看漫畫的樣子嘛。

05 新世紀 天鷹戰士

約15公分(盒子)

塑膠製

組合模型

火紅到人氣根深蒂固的『新世○福音戰士』於亞洲各地也同樣有著超高人氣。在中國的雜貨店有販賣各種系列迷你尺寸的塑膠模型以及卡片等商品。

06 變身機器人 變形金剛

約15公分(盒子)

塑膠製

組合模型

雖然這個商品名稱叫做「變○金剛」,但是包裝上最大的插圖卻是印著『勇者○說』裡的「野牛勇○」,而盒子內的塑膠模型則是在『勇○王』登場的機器人,並且在包裝盒上還印有韓國人氣線上遊戲的角色。

07 RALNBOW COLOR ROBOT
迷彩突擊隊

 約12公分(盒子)　 軟質塑膠　組合模型

包裝上所寫的英文名稱「RALNBOW～」,應該是誤把「RA「I」BOW」拼錯所致。

這個商品沿用自『變○金剛』角色二頭身Q版的『PD變○金剛』。並且盒子裡沒有附贈巧克力等零食。

▲裡面有組裝式的迷你塑膠模型。由於配色是隨機決定,因此大部分都與原創角色不符。

08 INTERNAL CRIMINAL POLICE BODY IS COMPLETED

 約15公分(盒子)　組裝模型

軟質塑膠

這個商品也是沿用自Q版的『變○金剛:野獸○爭』。其中最引人注目的是比商品本身更毫無意義的超長名稱,以及包裝上隻字片語的「假日文」。

◀感覺上應該是想寫「ライオン(LION)、キング「(KING)」才對,不過重點是…商品並不是獅子,而是金剛「LIOSO」和「KISOG」都拼錯了。

◀雖然「ロボット軍人(機器軍人)」沒有什麼不對,只是這個名字未免也太直接了吧。

◀這是解讀上更為困難的「マツソ武器(MATSUSO武器)」,花了近一個小時猜測應該是想要寫「マシン武器(MACHINE武器)」吧……。

◀「千變萬化的キソグユソグ(KISOGU YUSOGU)」,把「ン(N)」跟ソ「(SO)」搞混已經可以說是基本常態,另外斷行的方式也有點奇怪。

09 猛獸俠

約17公分(袋子) ｜ 軟質塑膠 ｜ 組合模型、可變形

這個是平常貼在雜貨店的牆上，如果想要購買的話，就直接從上面撕下來的塑膠模型。雖然造型是取自於『野獸○爭』，不過本身卻是原創商品。

▶ 因為使用雙面膠黏在厚紙板上，經常會發生只撕一個，其他卻跟著一起掉下來的狀況。

◀ 它是以塑膠模型裝在袋子裡的方式進行販售，至於組裝方法則印在袋子的背面。

10 變形金剛 汽車機器人

約8公分 ｜ 塑膠製 ｜ 可變形

這個也同樣是張貼在雜貨店牆上販賣的商品，這些小型變形機器人直接被塑膠罩壓在厚紙板上方。購買方法則是跟日本的超級彈跳球一樣，在指定好想要購買的商品之後，直接用刀片劃破塑膠罩從裡面取出來。問題就在於因為壓製的時候力道太大，裡面存在著一些已經損壞的玩具。

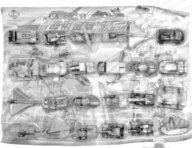

▲▶ 這個商品基本上帶有『變○金剛』的感覺。造型以及變形方式都是沿用自『變○金剛』。

▲ 日本以前曾經發售過某個著名鞋廠與『變○金剛』合作推出的商品。此玩具就是沿用這個概念，變形模式則是大幅簡化。

▲▶ 卡車狀態的配色給人一種很廉價的感覺，完全醞釀出雜貨店特有的味道。變形本身很制式化的這一點倒是出乎意料之外。

▲ 變形成為帆船的概念，就連正宗的『變○金剛』裡也未曾有過。機器人的造型特殊非常有趣。

▲▶ 完全無法判斷會變形成為什麼東西的機器人。由於這是北京奧運時期的商品，因此諸傳這個應該是「雙積」。

名稱不明 **(TOYS)**

11

約7公分(只有人偶)

塑膠製　　發射螺旋槳

只要用力拉扯背上的繩子,就能夠發射位在頭部的螺旋槳。由於人偶的雙眼稍微有點向上拉的感覺,因此可說是山寨味十足。

名稱不明 **(TOYS)**

12

約4公分(只有人偶)

塑膠製　　可飛行

這個商品則是透過發射台,將整隻凱○貓射向天際……只是試射之後的結果卻是完全飛不出去。

文具機器人X

13　約20公分　　塑膠製　　組合模型、文具

這是在日本曾經發售過的台灣版小型食玩。雖然包裝之類的設計直接沿用自日本(有部分變更成為漢字),但不確定是否為外銷的正版商品。至於包裝盒上印製的巧克力球則沒有附加在裡面。

▲與日製商品不同的地方是每個盒子裡內含所有的種類。把機器人組裝完成之後,則能夠當成文具使用。

➕ 專欄 7.雜貨店的招牌商品「著色書」

雜貨店前除了有販售零食與小玩具(廉價玩具)之外,不知道為什麼竟然還有「著色書」。雖然在我小時候常去的那間雜貨店,會陳列許多跟角色造型稍有出入的「山寨版著色本」,不過竟然也讓我在台灣雜貨店裡發現同樣的山寨版角色著色本。看著印有貌似『KERORO軍曹』、『忍者哈○利』等角色的著色本,讓我不禁很好奇到底取多麼「相似」的標題…但是不管我怎麼找,都只有寫著「著色書(此處是指封面的中文名稱)」而已。像這種不負責任的做法,也同樣很有雜貨店的風格。

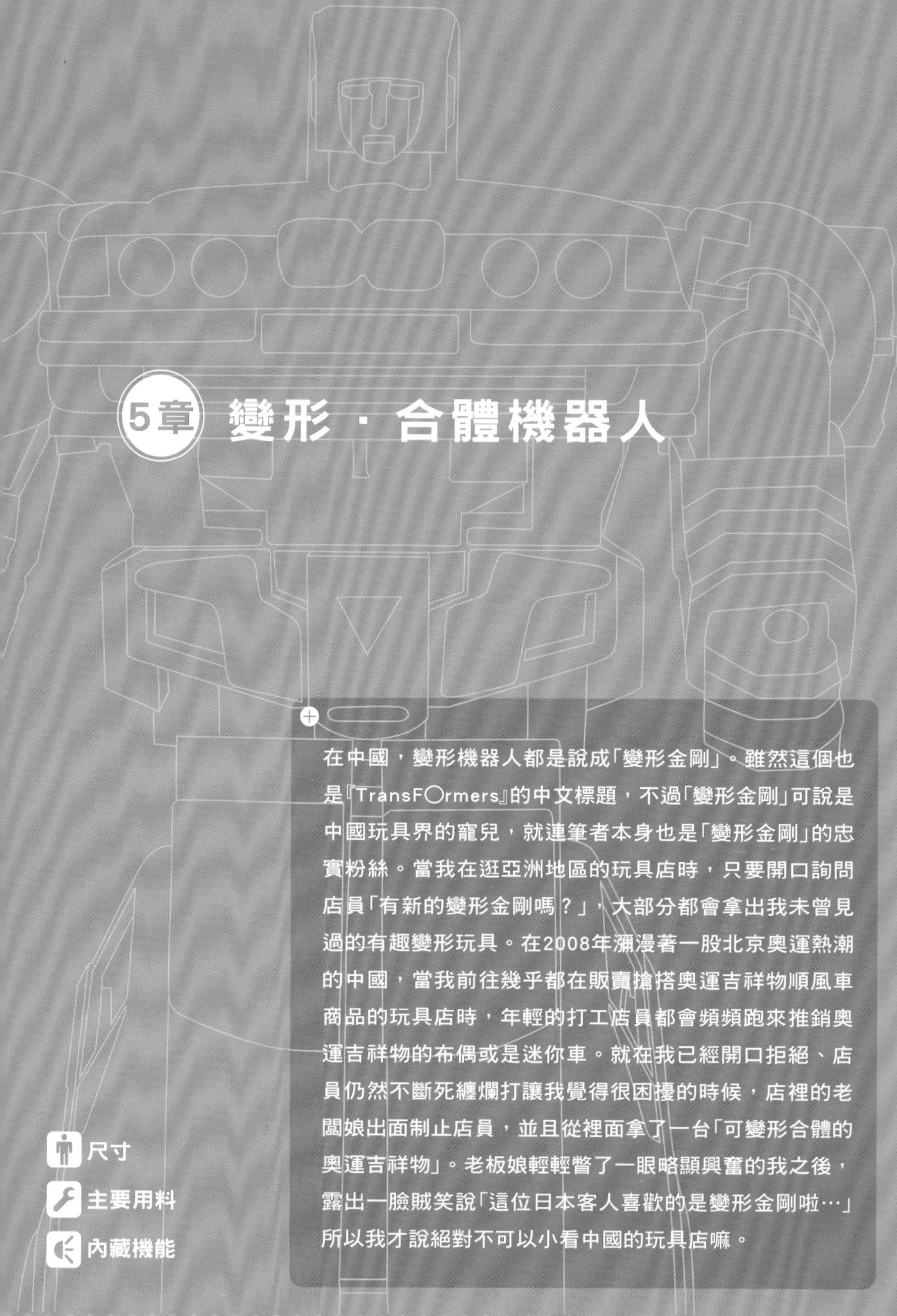

5章 變形・合體機器人

尺寸

主要用料

內藏機能

在中國，變形機器人都是說成「變形金剛」。雖然這個也是『TransFOrmers』的中文標題，不過「變形金剛」可說是中國玩具界的寵兒，就連筆者本身也是「變形金剛」的忠實粉絲。當我在逛亞洲地區的玩具店時，只要開口詢問店員「有新的變形金剛嗎？」，大部分都會拿出我未曾見過的有趣變形玩具。在2008年瀰漫著一股北京奧運熱潮的中國，當我前往幾乎都在販賣搶搭奧運吉祥物順風車商品的玩具店時，年輕的打工店員都會頻頻跑來推銷奧運吉祥物的布偶或是迷你車。就在我已經開口拒絕、店員仍然不斷死纏爛打讓我覺得很困擾的時候，店裡的老闆娘出面制止店員，並且從裡面拿了一台「可變形合體的奧運吉祥物」。老板娘輕輕瞥了一眼略顯興奮的我之後，露出一臉賊笑說「這位日本客人喜歡的是變形金剛啦…」所以我才說絕對不可以小看中國的玩具店嘛。

01

福星鎖核金剛
FUWA FIVE UNITE ROBOT

約22公分(合體時)

塑膠製

可合體

◀5台可愛的「福娃機器人」合體成為帥勁十足的巨大機器人！在奧林匹克開幕式的時候，中國以自身的科技實力打造出這個玩具的本尊登場……以上純屬個人期望，實際上當然沒有這回事囉(笑)。

因為開辦北京奧運而陷入狂熱的中國，大量出現搶搭奧運吉祥物的順風車商品，其中最為優秀的就是這個「福星鎖核金剛」。這是以貌似奧運吉祥物「福娃」的角色模型，進而合體成為一台巨大的機器人。雖然這個並非是北京奧運正式認可商品，導致包裝盒完全沒有「福娃」的字樣(但是有以英文「FUWA」註記)，不過這個商品本身卻是完全原創，就玩具品質來說也算是非常好，而且也並非是亞洲順風車商品常見的那種「只是換上其他角色的頭部」。總之這是一個不禁讓人覺得「乾脆當成官方正式商品來進行販售也不錯」的極品。

▲打開胸口中間會出現一個內藏的鑰匙孔，可以把附屬的鑰匙插進去。

▲旋轉鑰匙之後，兩手臂會彈射分離。這個機能是參考自日本玩具的『キー○ッツ』。

▶ 貌似火之化身「歡歡」的紅色角色模型，合體之後成為巨大機器人的左手臂。各個角色模型在分離狀態之下的手、腳以及腰部皆可活動。其構造除了能夠讓它擺出姿勢之外，也可以把它當成一台可動玩具來進行遊戲。

▲ 這名角色模型讓人不禁聯想到水之化身的「貝貝」。合體之後擔任巨大機器人的右手臂。合體時，左右兩手臂以及左右兩腳皆可以互相對調(但是手臂與腳則不能互相交換)。

◀ 讓人不禁聯想到天空化身「妮妮」的角色模型。合體之後成為巨大機器人的左腳。做為手腳的4台機體除了頭部以外，其他部位的造型都可以共通。合體用的接點則是內藏在頭部裡面。

▲ 貌似大地化身「迎迎」的角色模型則是右腳。合體方法是將福娃身體分離出來的，上下顛倒反裝回去。在與晶晶合體之後，把拔下的頭部飾品裝回去便大功告成。

▼ 這是合體之後成為身體的熊貓型機器人。把「福娃」自創成為機器人造型的各個角色模型當中，就屬森林化身的「晶晶」最為牽強了，只能夠稍微看出一點熊貓的樣貌而已。

02 籃球霸主
Basketball overlord 籃球人

約19公分　　塑膠製　　可變形

▼ 透過交換頭部配件，就可以變成「機器姚明」。「姚明」在中國，就連小朋友也都為之瘋狂。

▲ 通常機器人狀態是擁有機器人風格的臉部。玩具本身則是屬於原創的設計。

在『變○金剛』好萊塢電影版的影響之下，原本在中國就已經是招牌商品的變形玩具更是大受歡迎。到最後不知道是否演變成為「無論什麼東西都給它變形就對了」、造就出這個籃球能夠變形成為NBA中國籍球員「姚明」(相似樣貌機器人)的破天荒商品。「姚明」這個名字對日本人來說應該都很陌生，不過他在中國可是一位英雄級的運動選手呢。總之如果把這種情況換成日本，應該就像是「鈴木一朗可以變形成為棒球」的玩具商品了。

▶ 體積雖然很小，不過變形之後完全就像是籃球這一點，可說是非常厲害。

霹靂球王
Thunderclap star 足球王

 約19公分　　 塑膠製　　⊞ 可變形

不知道是不是因為「可變形成為籃球的姚明(相似樣貌的機器人)」頗受好評,這次則改為發售「可變形成為足球」的人臉機器人。由於這個跟「姚明(長相機器人)」的商品一樣,包裝並未寫上球員的名字而導致身分不明,不過總覺得應該是與「姚明」同為上海出身的足球選手「孫祥」。

▶此商品跟籃球機器人一樣,頭部可以換成人類狀態以及機器人狀態。

▼足球的變形方式與籃球一模一樣。

▲包裝背面印有狀似「籃球機器人VS足球機器人」的圖樣,但是比賽規則到底是⋯⋯?

04

變形西遊 系列 ![約17公分] ![塑膠製] ![可變形]

日本同樣也有的「西遊記」角色們，在原產地中國則成為了變形玩具。有著一身粗勇體型卻長相可愛的孫悟空、沙悟淨等能夠變形成為……讓人看了一頭霧水的怪物(？)。雖然變形之後的造型根本是亂七八糟，不過變形系統卻出乎意料地細膩，給人感覺與其說是「變形玩具」，反倒比較像是機關人偶。不過像這種宛如肢解屍塊般的變形玩具，幸好並非妖怪身分的三藏法師沒有身列其中…如果真的有存在的話，那樣可是會嚇死人的呀。

▼◀身為主角的孫悟空可說是非常受歡迎，每間店幾乎都「只有悟空」賣到缺貨。依照包裝盒背面的說明，變形之後的模樣似乎是老鷹。

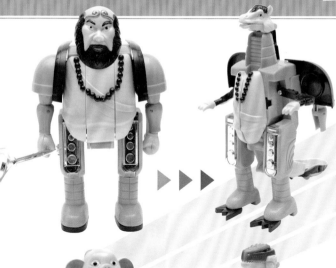

▲▼沙悟淨宛如一位滿臉鬍渣的大叔(沙悟淨在中國的設定裡並不是「河童」)。變形之後的模樣似乎是馬,但是完全看不出來。

◀▼最後是豬八戒。雖然應該沒有多少人知道,其實他有一個與「悟空」、「悟淨」的同門名字「豬悟納」。變形之後的模樣則似乎是(根本就只像怪獸的)龍。

◀雖然看似單純,變形起來卻很有系統性。

▶變形之後,臉依然遺留在尾巴上是一個敗筆。

▲包裝盒背面貼有與變形之後的實體相似,但是卻又稍微不同的照片。不知道為什麼就只有豬八戒保留實體照片。

05

百變熊貓

約20公分(機器人)　　塑膠製　　可變形

這是胸口上寫有「功夫」的「熊貓」變形玩具。雖然包裝盒還很慎重地寫上「電影版」三個字，不過依然還是讓人覺得這個跟某著名電影裡會「功夫」的「熊貓」一點關係也沒有。話說這個包裝上面所印的熊貓圖樣，也似乎同樣是沿用自某個著名電影，不過長相卻修改成為寫實造型的熊貓臉孔。

▶ 雖然玩具是沿用自『野獸○爭』登場的狸貓型角色，不過頭部有做過更動，各個部位也有進行簡化。

▼ 讓它擺出稍微有一點像是「熊貓會功夫」的姿勢……。

▲ 變形成為機器人型態！腹部上有「功夫」二字，這是原創玩具所沒有的造型，並且該部分還有內藏燈光開關。

▲眼睛部分會根據角度的不同而改變圖樣。

SKULL ROBOT

06 約22公分　　塑膠製　　可變形

像這種頭蓋骨能夠變形成為機器人的玩具，可說是完全符合總是跌破大家眼鏡的亞洲山寨版玩具風格。不過它其實是完全沿用自『變○金剛』(TV版動畫)在80年代掀起一股熱潮時，日本小型玩具製造商所發售的「ドクロ○ボット(骷髏機○人)」。雖然玩具本身的外型與變形機能跟日本原創玩具可說是如出一轍，但是這裡卻省略了日本版原有的發聲機能。

▲原創玩具胸口的橫隔部分有內藏發聲機能，不過這個商品的相同部位卻是空無一物。

BMW ROBOT

07 約18公分　　塑膠製　　可變形

▶極具特色的車頭同樣也有忠實呈現。感覺出征之後所需要的修理費用會非常昂貴。

▼無論是變形方式與機器人的造型，都是沿用自『變○金剛』的商品。

有錢人家喜歡高級車的小少爺，遊戲時所使用的玩具也同樣堅持是國外名車…。雖然不確定以上是否屬實，不過這個確實是一個BMW可以變形成為『變○金剛』模樣的機器人。不過老實說無論是哪種國外名車的種類，由於本身只是山寨商品，因此價格還是非常廉價。

▲市面上也有變形成為VOLVO的版本。

變形‧合體機器人 1 2 1

百獸王 約16公分　 塑膠製　 可變形

08

▼內有各個機器人型態所使用的劍與盾，並且還有一張收錄動畫的VCD。

距離『野獸○爭』熱潮已經不知道相隔了多少年，2008年當時卻突然發售這一系列的變形玩具。雖然「活生生的動物可以變形成為機器人」的概念確實與『野獸○爭』非常相近，不過這個系列的動物造型與變形機能卻廉價感十足。造型取向與香港某間小型玩具製造商的商品有著許多共通點，但是兩者之間的關連性仍然不明。話說由於中國在同一時期也有推出動畫作品商品化的變形系列玩具『百變機獸』（請參照P154），因此不禁讓人期待『『百獸王』將來是不是也會有動畫？」(畢竟還附了一張意義頗深的VCD)，但是這個商品似乎根本就沒有任何動畫作品呀。

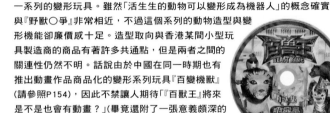

▲原本還非常期待VCD裡面會是「收錄百獸王們活躍的動畫吧？」，結果卻不知道為什麼都是一些溫情取向的動物動畫內容，無論觀看多久都不會有任何動物開始變形……。

◀畫上眼影給人感覺很帥氣的獅型機器人「嘯天獅」。雖然全系列共有7個種類，從動物變形成為機器人的方式也都看起來非常相近，不過實際上卻存在5種變形方式。

▼▶「雷震虎」是一款不管怎麼看，都給人很有中國國畫感覺的虎型機器人。變形方式雖然與獅型相通，不過卻比想像中還來得複雜。

◀▼這是象型機體的「金剛象」。整體給人的感覺是身材既高挑、而且腿又很長。該不會現實中的大象就是給人這種感覺吧？

▼▶這是名叫做「爵士豹」的豹型機器人。話說非「獵豹」而是「花豹」的機器人，出乎意料地稀少呢。

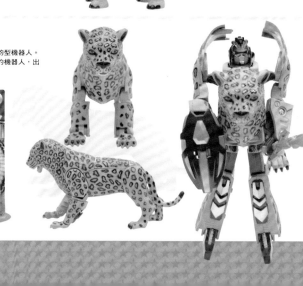

⊕ 百獸王

▼▶「奔雷狂牛」是一個明明就是犀牛造型，不知道為什麼卻叫做「狂牛」的機體。臌巴巴的頭部與皮膚做得非常具有真實感。

◀▼長著一臉窮酸樣又很讓人反感的狗型機器人「邪靈犬」。其實狗型變形機器人也同樣出乎意料地稀少。變形方式則與豹型相通。

▼▶可變形的熊型機器人「掘地熊」。動物造型逼真到讓人覺得凶神惡煞的這個系列當中，唯獨它擁有一臉逗趣的臉孔。

TRANSFORM PUPPY

09

約14公分

塑膠製

電動行走、
自動變形

▲當打開電源，這隻可愛的
小汪汪就會發出音樂並且
四處亂走。

▲變形成一台帥氣的機器人！
至於機器人的造型，有一部
分是沿用自英雄戰隊。

◀行走到一半的時候，會緩慢地立起身體……。

▲商品名叫做「TRANFORM
PUPPY」。重點是它不叫
做「TRANSFORM」，而是
叫「TRANFORM」。

「狗」是與我們最貼近的動物，但是有關於狗的變形玩具就市面上來說，其實出乎意料地稀少。而這裡所要介紹的「TRANFORM PUPPY」又稱為「可愛汪汪機器人」(是我擅自命名的啦)，就是為數不多的狗型變形機器人其中之一。擁有一臉可愛笑容的這隻汪汪，能夠電動行走並且自動變形。隱藏在這隻汪汪裡面的英勇機器人，想必就連敵人也會嚇一大跳吧？雖然無法確定是否有敵人存在…。

TRANSFORM

10

約10公分

塑膠製

可變形

雖然變形機器人最大的賣點就是帥，不過亞洲山寨版玩具裡卻存在著「可愛角色變形成為帥氣機器人」這種不知道是給男孩玩還是給女孩玩的商品。像這種宛如妖精王國飛出來的可愛飛馬，居然能夠變形成為戰鬥機器人的這一點，實在是讓人不予置評…只不過也有可能是製作者本身並沒有顧慮那麼多吧。

▲▶機器人的造型以及變形方式，
是沿用自香港某個玩具製造商的
商品。

變形‧合體機器人 1 2 3

11

TOOLBOT

 約26公分(合體時)

 塑膠製

可變形、合體

雖然山寨玩具經常會直接沿用日本等著名玩具製造商的玩具,不過因為製造技術的進步,也開始製作原創商品。話雖如此,依然還是製作山寨商品的製造商。他們會若有似無地套用人氣作品的構想進去,然後反過來抓住作品支持者的胃口。而這個「TOOLBOT」就是參考當時在電視台播放的『勇者王我○凱牙』的配角機體,然後「若有似無」、「只套用構想進去」而完成的一件商品。雖然『我○凱牙』裡並沒有這種造型的機器人登場,但是這身造型卻讓人很想把它跟該系列商品並排在一起。就某種意義上來說,這個可算是亞洲玩具進化史上的優秀商品吧。

▶6個土木工具合體成為機器人!並且各個道具還能夠獨立變形成為機器人。

▶這個商品似乎在亞洲有著超高人氣,因此後來又推出了縮小版本,台灣的便利超商甚至還有販售日文包裝的版本。

◀▼可以從尖嘴鉗變形為機器人,合體之後變成巨大機器人的右手臂。鉗子前端能夠裝配在機器人的手上。

◀▼可以從老虎鉗變形為機器人,合體之後變成巨大機器人的左手臂。話說老虎鉗的造型與『我○凱牙』的鉗子型機器人有點相似。

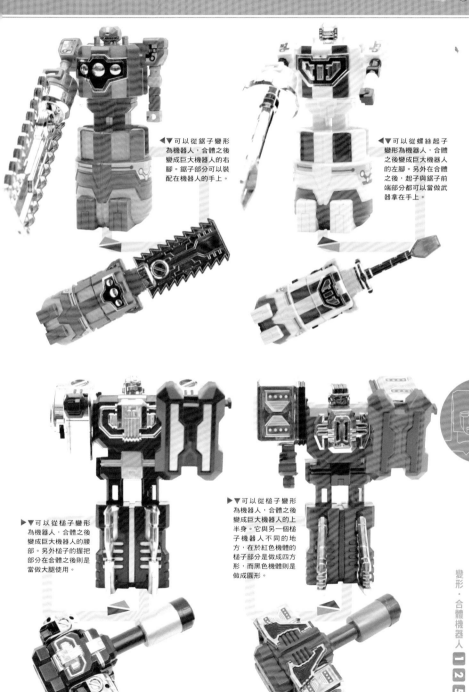

◀▼可以從鋸子變形為機器人，合體之後變成巨大機器人的右腳。鋸子部分可以裝配在機器人的手上。

◀▼可以從螺絲起子變形為機器人，合體之後變成巨大機器人的左腳。另外在合體之後，起子與鋸子前端部分都可以當做武器拿在手上。

▶▼可以從槌子變形為機器人，合體之後變成巨大機器人的腰部。另外槌子的握把部分在合體之後則是當做大腿使用。

▶▼可以從槌子變形為機器人，合體之後變成巨大機器人的上半身。它與另一個槌子機器人不同的地方，在於紅色機體的槌子部分是做成四方形，而黑色機體則是做成圓形。

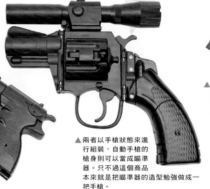

超合金仿真變形手槍

12 　約17公分　　合金、ABS　　可變形

這是一個寫實造型手槍可以變形成為機器人的玩具。手槍配件就如同商品名稱那樣都是由金屬製成，整體就如同模型槍那樣結實厚重。其中最大的特徵就是由兩把手槍變形成為機器人。左輪手槍的部分是變形成為機器人，自動手槍則是把槍身當成加農砲之類的武器。

▼自動手槍(右)可以發射內
附的子彈，左輪手槍則沒
有發射的機能。

▲兩者以手槍狀態來進
行組裝，自動手槍的
槍身則可以當成瞄準
器。只不過這個商品
本來就是把瞄準器的造型勉強做成一
把手槍。

▲對變形玩具的支持者而言，「由手
槍所變形的機器人」就給人很有一
種「邪惡派首領」的感覺，不過所用
的武器竟然是瞄準器……。

RACEBOT

13 　約21公分　　塑膠製　　可變形
收聽廣播

▲這個商品也能叫做
「Car Radio」吧？

這是『變○金剛』造成熱潮的80年代，由台灣某個電子玩具製造商所發售的商品。這個玩具最大的特點，就是內藏收聽AM廣播的機能。透過轉動機器人位於兩腿中間的選頻器，就可以收聽當地的廣播。話說這個製造商還有發行能夠接收廣播的收音機型變形機器人呢。

SUPER ROBOT WARRIORS

14

 約11公分　 塑膠製

可變形

▲ 雖然變形方式與造型是沿用自『變○金剛微○傳說』的版本，不過尺寸縮小成為原有的3分之2。

▲ 機器人狀態下，胸部的變形有進行簡化。將車輛模式的儲存槽立起來可以當成垃圾筒使用。

▲ 儲存槽可以自由開關，並且在裡面能夠收納小東西以及垃圾。

這是過去受到全世界歡迎的『變○金剛』(TV版)正義方首領變形成為貨櫃車的機器人。亞洲地區在當時馬上就將它沿用在玩具上並且推出商品，因此市面上出現原本是卡車的車輛模式改造成為油槽車或是混凝土攪拌車。無論經過多少歲月，只要『變○金剛』的首領仍然是卡車，似乎就只能夠對到處都有相同造型商品的宿命低頭。其中也存在著變形成為垃圾車的這款「SUPER ROBOT WARRIORS」。雖然只是外型很相像，但是實在很不想看到果敢清高的司令官四處收垃圾的模樣⋯⋯。

▶這個系列還有推出混凝土攪拌車、吊車等版本。

變形・合體機器人 **127**

15

CASTLE KNIGHT

約22公分　　塑膠製　　可變形、合體

發售獨具特色變形玩具而受到肯定的香港某個玩具製造商，在90年代推出了『CASTLE-BOT』系列。有5台機器人可以合體成為巨大機器人，或是合體成為一棟西洋風格的城堡。話說在這個系列推出之前，日本電視台的某個動畫裡面有出現以『至尊○者』城堡為雛型的機器人，但是不確定兩者之間是否有關連性(雖然是很容易聯想到啦)。

▶這些是合體時成為手腳(城堡的塔)的小型機器人。身體部分(城堡中央)則沒有變形成為機器人的機能。

▼雖然看起來就只是全部並排在一起，不過事實上基底部分相連在一起。

16

PALACE MASTER

約21公分　　塑膠製　　著裝合體

這個同樣是「CASTLE-BOT」系列的商品。這台造型頗像騎士的機器人則是可以把城堡當成鎧甲裝備在身上。雖然有點令人好奇「裡面的人該怎麼辦呢？」，不過「騎士把城堡裝在身上」的創意確實是前所未見。市面上還有這個與「CASTLE KNIGHT」同梱販賣的商品。

▼雖然照片無法呈現，不過機器人所用的長槍武器，可以做為城堡的尖塔裝在上面。

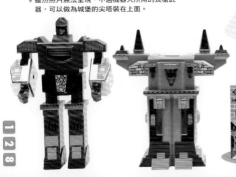

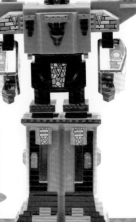

⊕ 17 阿帕奇

 約22公分

 塑膠製

可變形

▲包裝上雖然是寫「阿帕奇（阿帕契）」，不過就造型上來說比較接近「卡曼契」。

這是『變○金剛』好萊塢電影版播完之後，掀起一股熱潮時所推出的商品。只是它的包裝盒上就只有直升機狀態的照片，並且不知道為什麼也把『變○金剛』電影版的登場角色給印製上去，但是上面卻完全沒有最重要的變形之後的玩具外觀，害我在店門口看到的時候，為了「這個真的能夠變形嗎？」而煩惱了很久。

▶雖然變形方式很單純，不過機器人的腳部卻是使用球型關節。只是可動的角度依然很不自由。

▲這就是完全看不到內容物機器人造型的包裝盒。上面所印製的機器人跟商品一點關係也沒有，就只是電影裡的登場角色而已。雖然變形的設定都同樣是直升機啦。

⊕ 18 TRANSFORM STRONG BOT

 約12公分(含頭部)

 塑膠製

 可變形

▶變形成為鳥的狀態時，由於頭部太重，根本無法像照片這樣站立起來。

雖然近來變形方式很複雜的玩具不斷地增加，
不過亞洲山寨版依然還有許多變形單純的玩具。在這裡所介紹的玩具，變形方式就只是把雙腳轉成直立的樣子而已。

變形・合體機器人  1 2 9

特攻戰隊
19

 約21公分　　　塑膠製

可變形、合體

這個「特攻戰隊」雖然說是沿用『變○金剛』
的合體戰士，不過卻是把5架噴射機合體
的商品，變更成為身體部分是原創造型的直昇
機。雖然身體部分的直昇機無法像原創玩具那樣
獨自變形成為機器人，但是卻有加上尾翼部分可當做武
器拿在手上的巧思。亞洲地區玩具製造商經過像這樣日
積月累的「將原創稍作修改」經驗，數年之後掌握了能夠
獨立開發玩具的技術，可說是不容小覷。

◀雖然身體部分是原創
設計，但是頭部與胸
口裝飾等配件皆沿用
自『變○金剛』。

▲戰鬥機背部是卡其色以及白色的迷彩塗裝。

▼成為手腳部位的機器人是沿用自『變○金剛』的「エア○ット(AIR○○T)」。

+ 20 TANK ROBOT

約17公分　　　塑膠製

可變形、會發光、發聲

亞洲玩具製造商(應該)都不會多花點心思去想一些「大型玩具公司從來沒有製作過」的特殊商品。這個「TANK ROBOT」在機器人狀態時，只要按下胸口上的按鈕，嘴巴就會不斷開合，並且說出一段台詞。雖然這個機能簡直就像是會說話的布娃娃，但是他們應該完全沒預料到…在這個玩具發售的10年後會成為『變○金剛 ANIM○TED』的正版商品，以內藏「對嘴唱歌機能」的變形機器人於市面展開販售。

▲ 機器人狀態有著非常粗壯的體型，變形方式也極為單純。

▶ 戰車狀態會配合聲音
讓砲口發光，市面上還
有變形成為噴射機的版本。

▲ 按下胸口開關，嘴巴就會開合，眼睛與嘴巴內部還會發光。

變形・合體機器人

133

這個「MR.HARD HAT」(名字真怪)的創意來自於『變〇金剛』裡登場的工程車合體機器人(配色則比較接近作品前身的『DiaclOne』)。雖然6台工程車合體的構想與車輛的種類都非常相近,不過變形方式卻簡化許多。話說竟然可以把原本必須經過繁複的變形程序,才能夠進行合體的原創玩具簡化成為這樣,並且還能夠達到相同的合體狀態,反倒讓人覺得非常佩服,不過這個山寨商品令人矚目的焦點卻在另一個地方(雖然也有可能一看就注意到了)。

◀不只是頭部有做過變更,就連雙手也改成夾子形狀。

21

TRANSISTOR ROBOTS MR.HARD HAT

🚹 約21公分

🔧 塑膠製

🔶 可變形、合體

▶頭部尺寸與原創玩具幾乎是一模一樣,各個部位造型也都是直接沿用。

其實合體狀態的頭部,是採用與原創造型有很大差別的『超時空○塞』裡登場的『女○神戰鬥機』。雖然台灣所做的這個商品行銷至美國等世界各地,但是卻沒有聽任何人說過「工程車合體機器人裝上女○神戰鬥機的頭部,還真是恰到好處呢!」這類的感想。

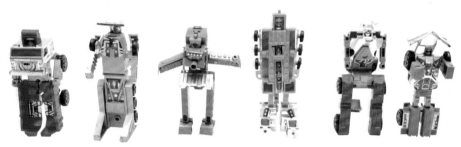

▲各部位機器人的變形方式,比起原創玩具可說是簡化許多,不過也因此造就出一些不太能夠稱得上是人型模樣的機體⋯⋯。

▲雖然工程車的種類與原創合體機器人大同小異,但是車輪數與怪手形狀等細部構造卻略有差異。

▲與原創玩具一樣可以將合體用配件裝備在車子上方。至於合體時的角,當然是做為4連機關槍來使用。

變形・合體機器人

133

MUTANT

22

 約9公分　 可變形

 塑膠、金屬製

在吹起第一股『變○金剛』熱潮的80年代裡，日本小型玩具製造商多少以搭順風車的心態，發行了『Bior○id』系列玩具的海外版，而更進一步的歐洲版便是這個『MUTANT』。分成正義與邪惡兩派對抗的設定，以及正義方首領的名稱是「オクティマス(Oktimus)」等，都能夠看出是受到『變○金剛』強烈的影響。此外正義方是動物、邪惡方是蟲類的設定，也都與之後的『野獸○爭』有著很神奇的共通點(本頁所介紹的邪惡方是第一期系列商品)。雖然變形機能大部分跟當時的順風車商品一樣非常單純，不過其中也有可以變形成為捲起身體狀態的眼鏡蛇型機體等趣味創意造型。

◀可以變形成為眼鏡蛇的「阿修羅」。打開捲起身體的部位，就會出現人型狀態的下半身可說是非常有趣。

▼可以變形成為美洲鬣蜥的「墮落狂徒」。帥氣地左右扳開頭部，人型頭部就會從中出現。

◀▼可以變形成為鱷魚的「墮落鐵足」。這個系列無論是正義方或是邪惡方的機器人，都是變形成為肌肉超人般的狀態。

◀ 可以變形成為蜥蜴的「四足加農砲」。變形方式就只是很單純地把雙腳折出來，並且打開蜥蜴的嘴巴而已。

▶ 可以變形成為變色龍的「擬態龍」。這個項目所介紹的各個角色名稱，就只是以日本版『BiorOid』為基準所命名，海外版並沒有存在這些名字。

BEETLS WARS

23 👤 約6公分 🔧 軟質塑膠 🔰 可變形

市面上存在著許多搶搭『變〇金剛』順風車的變形玩具商品，不過亞洲山寨市場更有著以發揚光大的山寨商品。擁有與『野獸〇爭 (BEAST WORS)』名稱極為相似的這個「BEETLS WARS」，就只是沿用前一項目『MUTANT(BiorOid)』的蜥蜴型機體，以及其他製造商的鍬形蟲型機體等變形機器人，然後再加以縮小簡化而已。

▼ 這台蜥蜴型機體就是沿用自『MUTANT(BiorOid)』，除了體積縮小之外，變形模式以及其他部分幾乎都完全相同。

▲ 尺寸大約是原創商品的一半。至於右邊的蒼蠅型機體則是把『變〇金剛』的海螢蝦型機器人改到幾乎看不出原來的模樣，給人感覺很像是自創失敗之後的產物。

+
24 巨大化
山寨玩具

▶ 就連胸口上的能力表
也一起放大。

SPD STR INT

🚹 約34公分(大)、約16公分(小)

🔧 塑膠製　　　⚙ 可變形

▲ 身高放大近乎2倍的尺寸。並且與原創玩具相同，頭部
可變形成為小型機器人的機能依然存在。

▼ 拿寶特瓶來比較就能
夠體會到它的巨大。
如果在公園真的出現
一隻這種體型的鱷
魚，不用說一定會鬧
上新聞版面的呀。

▲ 照片左邊的機器人就是大機器人頭部所
變形而成。

不知道是否因為只要體型大，價格就可以賣得很昂貴的想法，山寨玩具經常會出現將原創玩具巨大化的傾向。雖然不明白是如何把東西搞得那麼大，但是就連原創玩具變形出來的東西以及機能也都隨之巨大化。本項目所要介紹的鱷魚型機器人、恐龍型機器人的造型，全部都是沿用自『變○金剛』所做成的山寨玩具，每個項目都是「比較小的那台」才是與原創玩具相同尺寸。只要兩者放在一起比較，就能夠看清楚巨大化到何種程度了。

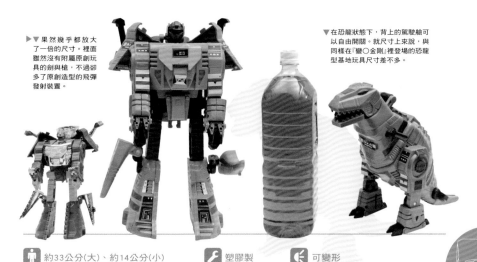

▶▼ 果然幾乎都放大了一倍的尺寸。裡面雖然沒有附屬原創玩具的劍與槍，不過卻多了原創造型的飛彈發射裝置。

▼ 在恐龍狀態下，背上的駕駛艙可以自由開關。就尺寸上來說，與同樣在『變○金剛』裡登場的恐龍型基地玩具尺寸差不多。

👤 約33公分(大)、約14公分(小)　　🔧 塑膠製　　⚙ 可變形

⊕ 專欄

8.亞洲的加大版文化

出自於亞洲地區的「莫名奇妙巨大化」商品，可不只侷限於變形機器人玩具而已。就連給女孩玩的換裝芭比，說不定還比使用者本身更加巨大的尺寸呢(上面還寫著「跟芭比交換衣服穿吧」)。並且還有尺寸宛如水桶般巨大的一公升布丁(外蓋同樣是鋁箔塑膠膜)。就連小時候經常跟朋友炫耀說「訂購配送的尺寸都比較大喔」的乳酸飲料，也不是「大罐滿足」那種多喝兩口就能夠搞定的份量(是打算要讓腸道消化變得多好啊？)。如果這些商品是地大物博的中國大陸地區所出產，那樣多少還可以理解，不過令人訝異的是這些全部都是出於韓國(芭比)、台灣(布丁、乳酸飲料)的商品。

變形‧合體機器人 1 3 7

SUPER FEDERAL FIGHTER

25　約19公分(獨角仙型)　🔧 軟質塑膠　可變形

就在真實動物可變形成為機器人的『野獸〇爭』紅遍全世界的時候,代理日製變形機器人玩具的大型製造商獨立開發並且銷售的系列,就是這個『SUPER FEDERAL FIGHTER』。相較於『野獸〇爭』的變形都是來自於動物,這個『SUPER FEDERAL FIGHTER』的變形則是來自於昆蟲(雖然『野獸〇爭』也存在許多以昆蟲為構想的角色),至於使用球型關節可以自由亂擺姿勢,以及機器人狀態的武器在變形後可以收納於內部的創意,應該都是來自於『野獸〇爭』才對。發售這個商品的廠商在當時非常積極從事開發原創玩具,不過很可惜的是入不敷出,現在就只著重於代理日製角色商品以及販賣卡片遊戲而已。

▲可變形成為赫克力士大獨角仙。只要按一下翅膀根部開關,背上翅膀就會張開來,並且可以把槍收納在裡面。另外機器人可以把大角當做劍,翅膀做為盾拿在手上。

◀◀▶可變形成為鍬形蟲。透過鍬形蟲的眼睛可以控制鉗子,另外只要按一下背部按鈕,翅膀就會在右張開,再打開內部艙蓋就可以收納槍枝。另外鍬形蟲只有4隻腳的這一點讓人覺得很可愛。

▲▶可變形成為螳螂。槍與飛彈可以收納在翅膀內
側，以球型關節裝在身上的翅膀，可以拆下當成盾牌
來使用。雖然乍看之下是很單純的變形，不過下半身
的變形其實十分複雜。

▼這是可以從蠍子變形成為賽車的特殊種類。玩具本身內藏賽
車聲&發光機能，蠍子的獠牙也能夠當成飛彈發射出去。依
據發售時期有存在藍、紅、綠三種版本，並且還從型錄上確
認有黃色版本的存在。

◀▲▶這是蝴蝶能夠
變成為機器人、飛機
的3段變形機體。雖然
玩具本身因為翅膀的緣
故算是整個系列的最大尺
寸，不過機器人本體卻又是
在全部之中最小的尺寸。非常
可惜的是飛機狀態看起來不太像
飛機。

變形・合體機器人 1 3 9

THE CHARGE OF GOD JOSEPH

26

約40公分　　塑膠製

可變形、合體、存錢筒

打開印製有威覺像是「打算畫得很像鋼○，卻不小心失敗的機器人」圖樣的包裝之後，從中出現一架造型比包裝盒圖樣還要失敗到凄慘無比的玩具。雖然基本上似乎是採用『兩台機體合體成為巨大機器人』的構想，不過上半身的機器人卻只是從宛如搞笑商品般的存錢筒長出手跟腳，下半身則是幾乎可視為沒有變形機能的「Just下半身」。並且還內附不知道用意為何的大量英雄、機器人頭顱(橡皮擦)。附帶一提，不只是內附的橡皮擦頭顱，就連裡面

▲原本以為大大寫在包裝盒上面的「THE CHARGE OF GOD JOSEPH」是它的名字，結果還多了一段「JOSEPH」……所以它叫做「喬瑟夫」？

的劍等其他附屬品都不能夠裝備在身上！完全可說是將山寨精神發揮到淋漓盡致的優秀玩具！

▲這是1號上半身機器人以及2號機器人(說下半身會比較恰當)合體的狀態。沒辦法將內附的武器(有劍以及狀似怪手的棒子)裝備上去。原本想說是很久以前所製作的產品，結果看包裝盒竟然寫的是「1992年製」。

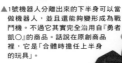

▲1號機器人分離出來的下半身可以當做機器人，並且還能夠變形成為戰鬥機。不過它其實完全沿用自『勇者凱○』的商品。話說在原創商品裡，它是「合體時擔任上半身的玩具」。

▶由於毫無變形機能，因此完全只是一個「沒啥用處的多餘下半身」。

◀比例感覺很怪的1號機器人。不過這個也難怪啦，畢竟就只是勉強將毫無關係的機器人拿來當成下半身而已。

▲戰車狀態下不只是少了鑽頭而已，就連車頭部分的配件也做過更動，表現出與原創玩具完全不同的感覺。

▶玩具的本尊完全不明，包裝盒上的註記也同樣是鬼扯。如果一眼就能夠看出這個玩具的正身，可以算是非常資深的變形玩具收集狂啦。

◀新追加的「水牛型態」。就只是把機器人放成伏地挺身的模樣再裝上牛頭而已。

在商品包裝盒上印有「TRANSFORMER」這段文字，以及『變○金剛Z』的「R○adfire」的插圖，並且還有「HEADMASTER」以及「洛伊德新登場!!」等字樣。只是說到商品本身，其實跟包裝盒上所寫的變○金剛系列一點關係也沒有，當然也不是『洛○德』，其實是改造自『勇者凱○』中登場的「鑽地馬○斯」。整體造型則是變更到乍看之下完全察覺不出雛形來自於哪部作品的狀態。

▶水牛型態的頭部是可拆的模式。雖然包裝盒上寫的「HEADMASTER」應該就是指這個，不過這個頭部並未擁有變形成為機器人的機能。

TRANSFORMER
27 **3變形!!!**

👤 約15公分　🔧 塑膠製　⟳ 可變形

⊕ 專欄 9.包裝盒上的山寨日文

山寨玩具為了讓外觀看似「正規日製產品」，因而改用日文來註記。雖然大部分都是直接沿用日製產品的包裝，不過也有一些是依樣畫葫蘆，變成到處充滿「山寨日文」的情況。像是偶爾會出現「スービシイセー」、「ガンケソスクス」、「ガソ・ザソダム」等神秘的名稱，其中的說明文也讓人覺得哪裡不對勁。像是這類包裝的玩具，就算內容物與日製商品大同小異，依然還是會勾起我的興趣。

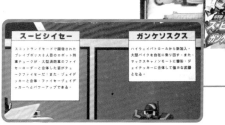

スービシイセー

スコットランドやードで開発されたブレイブポリス3人目のロボット刑事チェーグだ。大型鋼削車のファイヤーローダーと合体した雷がドナークファイヤーだ。また、ブレイブファッカーと合体、ファイヤーブレイブファッカーへとパワーアップできる。

ガンケソスクス

ハイウェイパトロールから参加入。大型バイクに自在に乗り回す。また、マックスキャノンモードに変形。ダジェッカーに合体して強力な武器となる。

+
28

グレート カシン
(GREAT KASIN)

約36公分

塑膠製

可變形、合體

▲ ジェットカシン(JET KASIN)未附屬的「カシン(KASIN)單體版本」也有發售。

這是在韓國玩具製造商獨立開發玩具以及認真製作原創TV動畫的90年代後期，由韓國某玩具製造大廠所發售的『カシン(KASIN)』系列。雖然它推出這種3機合體成為巨大機器人，並且還能夠與飛行機體強化合體，完全可說是能夠讓變形玩具粉絲為之瘋狂的一項商品，不過很可惜的是尚未做成動畫就被腰斬了……。雖然這個玩具受到日本變形玩具的影響很深，不過光看那個讓人感覺很像是韓國武將的獨特造型以及品質良好的份上，現在回頭想想還真是非常可惜呢。

▼▶ 跑車變形成為機器人的「アバントゥス(ABANTUSU)」。合體的時候是變成カシン(KASIN)的胸部以及頭部。

▲▶ 從休旅車變形成為機器人的「ムスター(MUSTER)」。合體之後則成為カシン(KASIN)的雙手。

▲▲ 從卡車變形成為機器人的「タキオン(TACHYON)」。合體之後則成為カシン(KASIN)的下半身。

◀ 追加的飛行機體「ジェットカシン(JET KASIN)」。可以「成為グレート(GREAT)」的強化配件，成為カシン(KASIN)的翅膀以及盾牌。

29

ネオ カシン
(NEO KASIN)

👤 約39公分

🔧 塑膠製

🔗 可合體

雖然這個也是上一頁已經介紹過的『カシン(KASIN)』,不過它其實也有推出預定在動畫後半段(瞎猜的)登場的2號機器人。而這個「ネオ カシン(NEO KASIN)」則是再進一步加強カシン(KASIN)完全抓住變形玩具粉絲胃口的無敵霹靂造型。雖然各機體無法獨立變形成為機器人,合體方式的也算單純,不過卻存在著某個理由緊緊地抓住變形玩具粉絲(應該說只有筆者)的心。話說關於「カシン(KASIN)」與「ネオ カシン(NEO KASIN)」這個部分,由於筆者在這裡注入太多的怨念(甚至還遠前去韓國跟被腰斬的動畫小組成員見面),導致文章內容有點病態,在這裡致上深深的歉意。

▶噴射機型機體的「エアーカシン(AIR KASIN)」。合體之後成為ネオ カシン(NEO KASIN)的雙手以及翅膀。最大的特徵是造型介於巨無霸噴射機與戰鬥機之間。

◀就算受到日本變形機器人動畫的影響,依然擁有獨特配色的合體狀態。

▲初期版本的包裝盒左上角有黏貼紙,並且內附桌上遊戲、3位年輕主角的角色模型以及收錄動畫的錄影帶。

▼拿下頭盔配件可以重現合體前的狀態。

▲跑車型機體的「ターボカシン(TURBO KASIN)」，合體之後成為ネオ カシン(NEO KASIN)的胸部以及頭部。變形成為合體狀態則是從車子的中間對折，而頭部就會從對折的地方出現。

▲▶潛水艇型的「シャークカシン(SHARK KASIN)」合體之後成為ネオ カシン(NEO KASIN)的下半身。船底下為可拆式的水中馬達。

⊕

グレートネオ(GREATNEO)

30 👤約39公分 🔧塑膠製 ⚙可變形、合體

變形成為「ネオ カシン(NEO KASIN)」肩膀上加農砲的「キャノンカシン(CANNONKASIN)」，兩者再進行合體就是「グレートネオ(GREATNEO)」。透過可變形成為合體機器人肩上大砲的新成員來進行強化，可說是借鏡於日本當時的變形機器人模式。

▲機器人狀態下的手腳做得有如堅硬的棒子一般，算是美中不足之處。

▲▶變形後裝上槍托可以當成手槍來玩，並且能夠從槍口發射海綿狀的子彈。

▲與キャノンカシン(CANNONKASIN)一起合體就能夠成為グレートネオ(GREATNEO)。市面上也有ネオ カシン(NEO KASIN)與キャノンカシン(CANNONKASIN)的同捆商品。

變形・合體機器人

1 4 5

⊕

TRIPLE CHANGE ROBOT

31

約11公分

塑膠、金屬製

可變形

雖然這是沿用『變○金剛』中，擁有「機器人」、
「戰鬥機」、「戰車」三段變形機能的某個登場角色
商品，但是卻從變成戰車改為變成推土機。根據本
體配色以及身上貼紙所寫的文字看來，很有可能是參考
『變○金剛』前身的『Diaci○ne』。

◀雖然機器人模式的造型與原創玩具幾乎一模一樣，不過推土機的鏟子卻有如屋頂般位於頭頂上方。

▼拿掉戰車的砲塔加上推土機的鏟子，並且還把車體後側改成如座椅般的造型。

◀在噴射機模式，推土機的鏟子則當成尾翼裝在上方。

陸戰隊

32

約20公分
(飛彈座車機器人)

塑膠製

可變形(局部)

雖然包裝盒背面印有4種載具如何變成機器人的說明書，但是打開包
裝後卻讓人嚇了一大跳(也可說是失望透頂)，4種裡面就只有2種能夠
變形(連結車以及導彈戰車)。直升機
與戰車不只是無法變形，構造還單純
到根本就只是用塑膠隨手拼湊起來而
已。雖然說山寨玩具的箇中滋味就是
那股失落感，不過無論做得再怎麼糟
糕，好歹也要有變形的機能嘛。

▶這就是寫有4種機體變形方式的包裝盒背面，不過
確實完全沒有提到「圖案就是內容物」的說明……。

◀4個機體全部排在一起的超值包
裝。如果這些全部都能夠變形就
太好了呀……。

▶可以變形的2台機體是沿用自『變○金剛』。

⊕ 山 寨 玩 具 個 人 專 訪 各國玩具風情篇

■ 關於各國的玩具風情是⋯？

——那麼，請教一下關於山寨版玩具在亞洲各國之間有什麼樣的不同之處吧。

山寨番長(以下：番長) 好啦好啦，話說你昨天有睡好嗎？

——我一回到旅館就昏倒在床上了⋯⋯等一下，現在不是說這些的時候啦！

番長 我知道啦，你是要問各國的玩具風情對吧？

——麻煩您了。

■ 中國

在中國的玩具店會將形形色色的玩具商品全部都擠在某個地方。

在中國所販售的玩具，從路邊攤以及小玩具店等地所賣的便宜山寨商品，到各大百貨所賣的日製正規商品，可說是種類繁多。無論是中國地區的原創玩具或是日本製造商的亞洲開放商品都應有盡有。關於亞洲開放商品，就是指香港或是台灣等地所販售的「香港版」商品，以及有別於日本版商品的「中國版」商品，還有中國國內的限定商品或是活動商品也都能夠找到。玩具店的形式有各大百貨公司、路邊攤還有市場旁的玩具店等等。最近也有美國玩具量販店開始進駐。至於市場等地方的玩具店，如果以日本來做比喻，雖然感覺上像是個人經營的玩具店，不過性質上卻比較像是代購處，他們會從附近的路邊攤進行調貨。雖然說過去就連百貨公司也會販賣山寨商品，不過現在幾乎就只有正規商品了，不過偶爾還是會販賣品質很好的港製山寨商品。相較於其他國家，整體上來說山寨比例還是很高，日製商品就不用說了，連香港製造商的產品以及同為中國的角色商品，只要具有話題性或是賣相佳，馬上就會有相似商品與盜版商品出現。就連日本超市所販售的小玩具，也都有山寨版存在。

■ 香港

香港的精品專賣店，販售商品幾乎都是日製玩具。

香港雖然同屬於中國地區，但是至今仍然保有英國管轄時代的獨立性。以往能夠在小玩具店等陳列架上看到非常多的山寨商品，不過近年來有減少的趨勢，就連販賣玩具的路邊攤也都漸漸地減少了。現在小玩具店給人的感覺比較貼近精品專賣店，並且經常可以看到高價販賣的古董玩具與日本等地才有的限定商品。百貨公司與玩具量販店所陳列的大部分都是日製正版商品，或是日本製造商的亞洲開放商品，同時也經常舉辦香港限定商品的活動。由於香港也存在許多玩具製造商，從原創色彩濃厚的商品到沿用日本角色的商品皆應有盡有，不知道是否因為香港人都比較貼近重品牌的關係，導致當地需求量較低，反倒是輸出至亞洲其他國家或是歐美等地的情況比較常見，其中一部分還有在日本上市呢。而且為了因應時下潮流，當地出現許多專門製作收藏用系列玩具的小規模製造商，主要是販售一些數量不多、針對粉絲級買家的重口味商品。

■ 台灣

台灣的超商限定迷你角色模型。

其實台灣從以前開始就存在著許多玩具製造商，做

出各式各樣的山寨玩具以及原創玩具，不過近年來山寨玩具製造商有減少的趨勢，就連數間經常沿用日本合金玩具做成商品販售的製造商，現在也都幾乎銷聲匿跡了。現在所販賣的山寨玩具，絕大多數都是來自於中國進口。無論是香港製造商的商品、日製正規商品以及亞洲開放商品，量販店等地都有在販售。反倒能夠在美國玩具連鎖店裡看到相同系列的「日製正版」、「歐美版」、「亞洲開放版」、「山寨版」商品全部排在一起販售的特殊景象。就當地玩具店來說，鄉下都市偶爾可以看到種類豐富的山寨商品，至於台北等大都會城市則較常販賣日本與歐美進口的玩具。再加上精品專賣店比較多的緣故，偶爾會正式引進非當季的日製玩具，因此能夠在那裡以便宜的價格買到在日本當地已經絕版的玩具。由於便利超商販賣玩具的風氣也很興盛，因此這類地方也有販賣食玩以及山寨玩具，另外也會舉辦超商限定角色模型或是集點贈品等銷售活動。

■ 韓國

有許多韓國自製的日本角色商品以及樣貌變更版商品。

擁有長年封鎖日本文化進入本國背景的韓國，就連玩具也有許多是韓國自製的商品。直到數年前為止，市面上存在許多中國製的山寨玩具，伴隨日本文化的開放，針對山寨商品的規章也跟著嚴格許多，因此現在一眼就看穿是山寨版的商品，已經有逐年減少的趨勢。韓國以前有許多自製的動畫以及特攝作品，並且也會跟著販賣相關產品，不過最近感覺有被日本作品打壓的傾向。由於當地所販賣的日本作品玩具，大部分都是日廠的韓國分公司或是合作廠商的代理商品，因此在韓國大部分是以諺文註記的獨有方式進行包裝。雖然玩具本身與日版大同小異，不過經常出現內藏的發聲機能與寫有文字的貼紙改成韓文字樣，或是變更細部的模樣諸如此類。至於販售玩具的形式，雖然百貨公司、玩具量販店、小玩具店以及路邊攤都有販售，不過事實上卻並不普及。

■ 泰國、新加坡等地

山寨玩具大部分皆來自中國、香港等地。市面上也有許多日製正規商品與亞洲開放商品。雖然泰國方面也有獨立製作玩具的技術，並且販售許多得到泰國版權認可的日本英雄商品，但是卻因為數年前與日本原廠所提出的版權訴訟案件最終敗訴，所以現在已經撤下許多相關的產品。

■ 美國

雖然可能會讓大家感到意外，不過其實就算是美國，山寨玩具的市佔率還是比正版來得高，幾乎可說是到處都有在販賣山寨玩具。中國城的玩具店就不用說了，連著名玩具量販店也有沿用自日本角色的港製山寨玩具(說不定就連什麼是山寨商品都不清楚)陳列架上販售。另外在大賣場等地方，偶爾也能夠看到墨西哥或是南美國家自製的山寨商品。

■ 日本

這種商品是沿用自約莫20年前，由某大廠商所發售的玩具。以日本轉蛋的形式販售於市面上。

誠如各位所知，我們的國家・日本在20～30年前左右，可以在雜貨店等地方看見各式各樣的山寨商品，但是由於現今各個角色的原始廠商都虎視眈眈抓盜版的緣故，因此已經不太能看見這類的商品了。不過依然經常發生某個日本小型公司不清楚中國等市面上流通的商品是沿用自日製玩具，或是看似原創色彩濃厚的港製玩具，其實只是變更某處造型就發行上市的山寨商品。

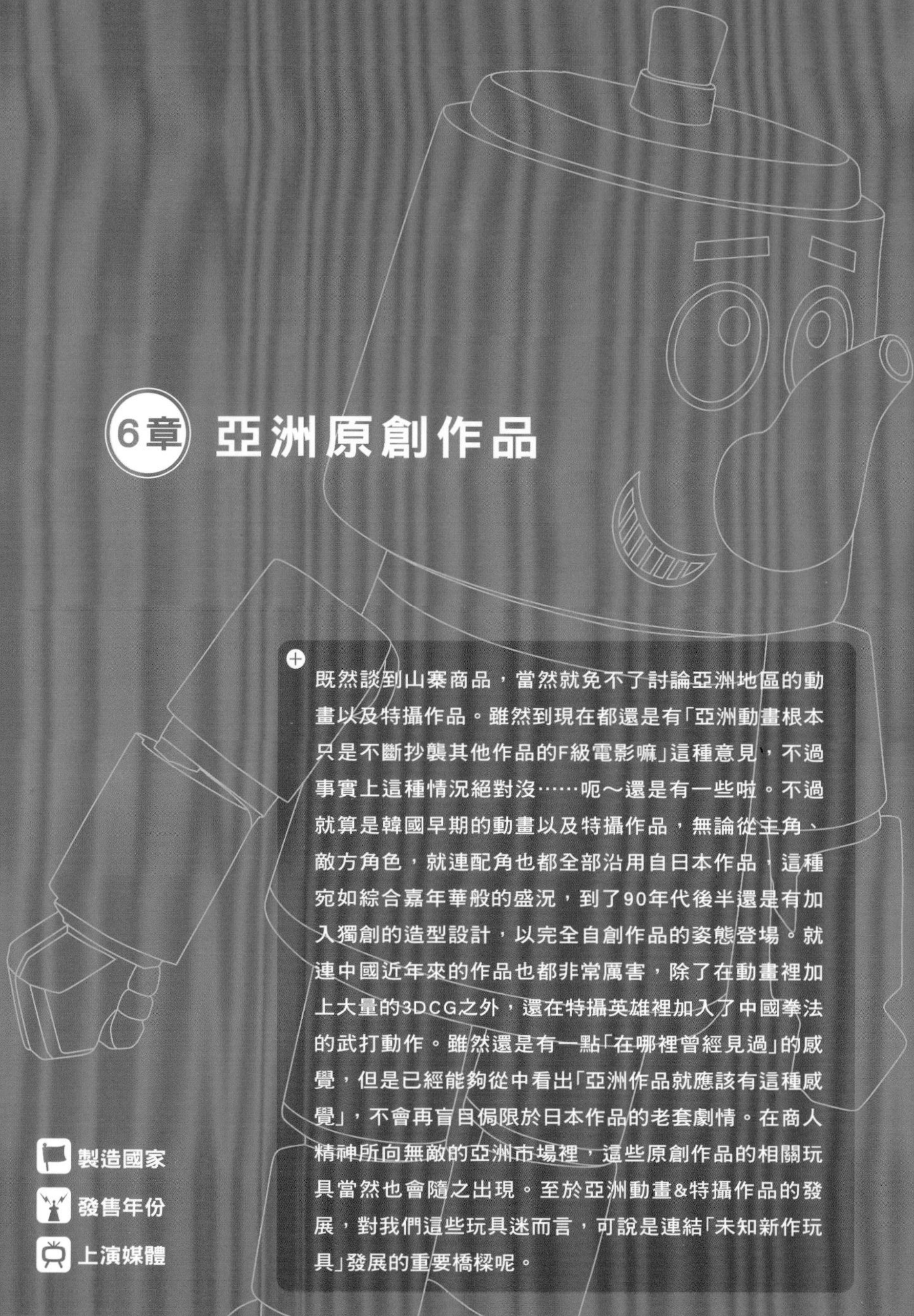

⑥章 亞洲原創作品

既然談到山寨商品，當然就免不了討論亞洲地區的動畫以及特攝作品。雖然到現在都還是有「亞洲動畫根本只是不斷抄襲其他作品的F級電影嘛」這種意見，不過事實上這種情況絕對沒……呃～還是有一些啦。不過就算是韓國早期的動畫以及特攝作品，無論從主角、敵方角色，就連配角也都全部沿用自日本作品，這種宛如綜合嘉年華般的盛況，到了90年代後半還是有加入獨創的造型設計，以完全自創作品的姿態登場。就連中國近年來的作品也都非常厲害，除了在動畫裡加上大量的3DCG之外，還在特攝英雄裡加入了中國拳法的武打動作。雖然還是有一點「在哪裡曾經見過」的感覺，但是已經能夠從中看出「亞洲作品就應該有這種感覺」，不會再盲目侷限於日本作品的老套劇情。在商人精神所向無敵的亞洲市場裡，這些原創作品的相關玩具當然也會隨之出現。至於亞洲動畫&特攝作品的發展，對我們這些玩具迷而言，可說是連結「未知新作玩具」發展的重要橋樑呢。

🏳 製造國家

🎪 發售年份

📺 上演媒體

金甲戰士

01 🏳 中國 👑 2008年 📺 TV放送

這是熱愛『超人力○王』的中國所製作的原創特攝英雄作品。故事內容是「遨遊於宇宙間的善良生命體‧UMA，在途經地球附近時，受到星際海盜‧阿爾法斯特軍團襲擊，最後各自分散迫降在地球。地球防衛組織URT隊員‧少中天，為了保護受到阿爾法斯特軍團襲擊的其中一隻UMA‧佩羅塔而身受重傷。雖然少中天在佩羅塔與UMA的高科技幫助之下撿回了一條命，卻也因此得到了變身成黃金英雄‧金甲戰士的能力。為了拯救逃到地球各地的UMA以及擊敗阿爾法斯特軍團，金甲戰士與URT隊員們挺身而出不斷地奮戰下去」。雖然金甲戰士的造型與防衛組織‧URT，都跟『超人力○王』的設定很相似，不過金甲戰士的尺寸就只是與一般人相同，並且必須透過腰帶才能夠變身，以及敵方擁有很多戰鬥員等元素則是與『假面○士』比較相近。

➕ 可動角色模型

這是各個關節皆可活動的金甲戰士角色模型。市面上有發售20公分與27公分兩種尺寸。雖然商品都附有必殺武器的「雷霆劍」，但是強化版的劍裝組合則是另外分開發售。

▲ 雖然兩種尺寸的可動部分以及造型都相同，但是按下小尺寸背上的按鈕就只有眼睛會發光；大尺寸除了眼睛發光之外，還有內藏能夠複誦台詞的發聲機能。

◀敵方3名幹部也有商品化的軟膠角色模型。像是蝙蝠怪人模樣的「西魯達」、視覺系搖滾樂般的「洛勒」，以及使用長鞭的女幹部「絲戴拉」。

▶可動角色模型使用的強化武器，也能夠讓軟膠角色模型拿在手上。

⊕ 軟膠角色模型

這種商品與日本英雄作品的軟質塑膠製角色模型相同。市面上有販售金甲戰士、敵方幹部以及戰鬥員三個種類。頭、腰與肩膀的關節皆可活動，裡面還有附屬每個角色的專用武器。

◀敵方戰鬥員商品也有依照面具等配色不同而分成為三個種類。

⊕ 變身套件

市面上也有販售許多金甲戰士的變身腰帶以及所用武器等「角色扮演玩具」。劍與槍的尺寸就算拿在大人手中也非常適合。除了「角色扮演玩具」之外，也有URT直昇機、車輛商品化做成的遙控玩具。

▲URT隊員身上的通信手環。市面上也有兒童尺寸的隊員裝備。

▲這個「能量腰帶」就是俗稱的變身腰帶。在收納狀態按下開關就會瞬間打開，並且中央部分還會發光，能夠重現節目中的變身橋段。

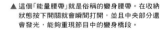

▼URT隊員所用的合體槍「超級伽德炮」，全系列4種都有內藏發聲&發光機能，並且能夠像影片中那樣全部組裝在一起。

▲市面上所販售的必殺武器「雷霆劍」，如影片中那樣區分成許多種類。

⊕ UMA

作品中登場的「UMA」並非敵方怪獸，而是會隨著故事發展成為隊員們的夥伴，
簡單說就像是「神○寶貝」一般的存在。市面上所販售的角色模型是內藏說話機
能的大尺寸版本。

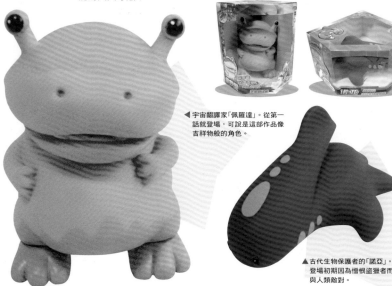

◀宇宙翻譯家「佩羅達」。從第一
話就登場，可說是這部作品像
吉祥物般的角色。

◀古代生物保護者的「諾亞」。
登場初期因為憎恨盜獵者而
與人類敵對。

⊕ 以下是山寨商品……。

只要是擁有話題性的作品，中國理所當然就會發售山寨商品。
『金甲戰士』在市面上也同樣有著各式各樣的山寨商品。

▲這個商品名稱是「正義戰士」，內附Q版尺寸的角色
模型。

▲乍看之下以為是「新戰士」，結果只是把「超人
力○王馬克斯」塗上類似的配色而已。

02 雷速登 閃電沖線

 中國　 2008年　📺 TV放送

▶ 在作品中登場的各種遙控車在市面上都有販售。

簡單說就是「コ○コロ(COROCORO)」、「ボ○ボン(BONBON)」系列的競速對決動畫，故事內容為「凌風與凌雲兩兄弟以及其他的同伴們，透過改造遙控車跟宿敵們進行對決」。其他還有許多作品也都是受到日本作品的影響，以溜溜球、陀螺等不同方式對決。

03 巴拉拉小魔仙

 中國　 2008年　📺 TV放送

▲ 女主角們所使用的各種魔法道具以及迷你人物模型都有販售。

這邊是以女孩為市場取向的「魔法少女」作品。故事內容為「遭到邪惡黑魔仙追趕，從仙女世界逃到人間界的魔法少女·小藍跟一對人類姊妹相識之後，最後與獲得魔法能力的姊妹共同幫助他人，並且與黑魔仙對抗」。

亞洲原創作品 **153**

百變機獸

04 🇨🇳 中國　　2008年　　📺 TV放送

這是一部主要宗旨為「變形機器人分成正義的『機車族』以及邪惡的『猛獸族』兩派進行對抗」，直覺讓人聯想到『變○金剛』的作品。故事內容為「自詡為遊戲王的少年‧洛洛，某日不小心誤闖到電玩的世界裡。在那裡是一個擁有變形能力的機器人分成兩派爭奪霸權的世界。洛洛與可變形成為紅色跑車的機車族戰士‧霹靂火相遇，後來決定一起奮戰而展開旅程」。由於全篇皆以3DCG製成，並且包含「各個角色擁有格鬥遊戲般的必殺技」、「戰鬥時必須隨時注意體力值」之類很有電玩感的要素。其中還有大量加入類似三國志那種統一全國的劇情架構。

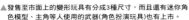

▲發售至市面上的變形玩具有分成3種尺寸，而且還有迷你角色模型、主角等人使用的武器(角色扮演玩具)也有上市。

▲小尺寸商品省略掉一部分的機能。

▲內藏連動變形等機能的中尺寸。另外內附收錄總集篇的動畫DVD。

▲ 大尺寸玩具在裡面可以搭載洛洛的角色模型，並且內藏發聲&發光機能。

▲ 發售三種尺寸的商品，不禁讓人聯想到海外的『變○金剛』商品。

⊕ 霹靂火 SPARKLING BLAZE

可以變形成為紅色跑車的長劍高手。被設定成為與主角們一同在電玩世界旅行，拿手技巧是使用劍氣砍倒周圍敵人的「雷霆半月斬」。

⊕ 急先鋒 SPEED NEON

可以變形成為警車的長槍高手。這部作品與『變○金剛』相同，存在著能夠代表正義方與邪惡方的標誌。機車族的標誌是把「車」這個文字以抽象化的方式表現。

▲ 變形方式與霹靂火相同。差別就在於配色、警車燈以及附屬武器。

▲ 像這種「只是把主角機的外觀稍加變化」的角色設定，會讓變形玩具迷們不禁露出竊笑。

◀ 內藏機能與霹靂火相同。急先鋒除了手持長槍之外，肩上還裝有加農砲。

⊕

⊕ 刀霸天 HERCULDIO

這個機體可以變形成為推土機，並且以鏟子狀的雙手做為武器。由於這名角色的賣點就是怪力，因此沒有內附長劍之類的武器。

■ 刀霸天等某些角色只有販售中、小兩種尺寸。

⊕ 沖擊波 ROCK SHOCK

可以變形成為沙灘車的棍棒能手。像是「沖擊波（衝擊波）」、「急先鋒」等名字，都跟『變○金剛』中國版名字的感覺很相近。

■ 沖擊波除了棍棒之外，也能夠把裝在車體上的槍當成武器拿在手上。

⊕ 龍捲風 TORNADO

可以變形成為直升機的二刀流達人。主角在第1話所玩的電動遊戲裡也有登場。本作機器人的角色設定，似乎感覺有加入三國志武將們的要素。

▼▶內藏只要折下直升機的機首，就會帶動身體一起變形的機能。

◀▼大尺寸擁有發聲&發光機能，並且可以讓洛洛的角色模型坐在駕駛艙中。

➕ 超音速 SUPER-SONIC

可以變形成為噴射機的大劍高手。與龍捲風同樣在第一話的遊戲當中登場。本作品的角色造型、變形方式雖然沿用自『變○金剛レスキューヒーロー ゴーボッツ(Rescue Hero Go-Bots)』，不過玩具本身則是重新進行設計，尺寸與細部機能皆有所差異。

▲變形成為飛機型態時，拳頭與腳掌則是收納在內部。

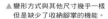

▲變形方式與其他尺寸幾乎一樣，但是缺少了收納腳掌的機能。

▶打開玻璃罩可以把駕駛艙裡的角色模型拿出來。

➕ 風火輪 ROTO MOTO

這是可以變形成為機車的風火輪，並且跟主角‧洛洛一起販售的組合商品。風火輪是一名性格內向，能夠緩和現場氣氛的角色，並且對洛洛而言，是一位宛如好朋友般的存在。在設定中，洛洛與機器人合體化之後，可以強化機器人的能力以及能量。

▲洛洛角色模型的比較。附屬在風火輪裡的大、中尺寸角色模型，頭與手腳皆有可以活動的機能。小尺寸版本則是附在大尺寸霹靂火等機體的商品之中，並沒有可動關節的功能。

▲內附洛洛的角色模型，但是風火輪使用的武器並沒有在裡面。

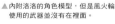

■中、小尺寸版的機車模式也能夠搭載洛洛的角色模型。

➕ 猛虎王 TIGER CZAR

可以變形成為老虎型機體的猛獸族元帥，以拳套般的鐵爪做為武器。在設定上是率領猛獸族同型異色的雜兵們。雜兵是在第4話登場，猛虎王則是在第7話登場。

■ 老虎型態時，背上的機關砲可以當成固定底座兵器使用，機器人型態也能夠轉變成為發射狀態。

➕ 狂野猩 KONGO KING

可以變形成為猩猩型機體的猛獸族元帥，並且與猛虎王互相敵對。至於猛獸族標誌則是以中國字的「獸」加以抽象化。

■ 雖然沒有附屬使用的武器，不過卻能夠把背上的加農砲拿在手中。

➕ 暴龍神

可以變形成為飛龍型的猛獸族最強戰士，不需要專用武器就能夠發動必殺技「次元波」。雖然在第1話，是以神秘角色的模樣出現在遊戲場景以及回想場景，實際卻是在第2季的32話中登場。

▲ 拉一下飛龍型態的尾巴就能夠變形。

◀ 猛獸族的角色只有發售中、小尺寸版本。

太空戰士

 05 台灣 1984年 📺 TV放送

這是一部受到日本特攝英雄的影響，由台灣製作並且播放的作品。故事內容為「打算征服宇宙的黑帝軍團，將侵略的魔爪伸向了地球。為了拯救地球，身為惑星聯盟的盟主‧維尼坦政府派遣了3名精英‧太空戰士前來相助」。這部作品播放時間長達2年之久，戰士也從原先的3名增加成為4名。之後還有共計3次的成員改組，每次都會將英雄的造型以及名字全部更新（※編註：經過查證，其實播放時間長達3年，成員改組共計4次）。另外平常皆以戰鬥裝扮的模樣外出行動，以英雄的打扮傾聽公園內老人們的煩惱，甚至在節目最後還演出地球被黑帝軍團征服的破天荒戲碼（※編註：第4代有成功收復地球並且擊倒黑帝）。只是『太空戰士』這個名詞在現今的台灣，大部分是指『FINᴏL FANTASY』這款超人氣的電玩遊戲。現在想購買到這個系列的相關影片可說是非常地困難（左邊照片是韓國版本的錄影帶宣傳照）。

▲第3期成員所使用的武器「無敵戰鬥槍」。在節目中也是直接拿這個玩具來進行拍攝。

◀太空戰士初期也有販售超合金玩具。雖然型錄上的宣傳文字是寫新型戰士的超合金玩具，不過這一點尚未獲得確認。

▲「無敵戰鬥槍」的槍模式。

▲▶槍模式分解之後就能夠成為劍與盾。

▲必殺武器「霹靂日光砲」，同樣也是第3期成員所持有的武器。

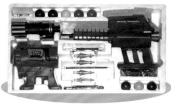

▲4種武器組合而成的大砲就是必殺武器，這個可以說是參考當時日本特攝作品的老套設定。

06 ロボット テコンV(Robot Taekwon V)

韓國　　1976年　　劇場版電影

如果說到韓國最有名的機器人，那麼就非這個「ロボット テコンV (Robot Taekwon V)」莫屬了。「身為跆拳道年輕冠軍的奮與博士的女兒永熙，共同搭乘勇博士所做的超級機器人・ロボット テコンV (Robot Taekwon V)，並且跟邪惡軍團的怪物機器人對抗。戰鬥時ロボット テコンV (Robot Taekwon V)會遵照位在駕駛艙內的奮所做出的一切動作，使出各種跆拳道技巧應戰」，大致上就是如此單純明快的故事內容。這個機器人從駕駛艙到小型飛行機體的造型以及整體架構，都受到『無敵鐵○剛Z』很深的影響，其中還包括許多敵方機體的造型，也都沿用自日本動畫。至今已有7部劇場版作品（還有1部番外篇），直到現在依然偶爾會宣傳新的系列作品。

▶與日本的「懷舊機器人風潮」一樣，韓國近年來也常常將ロボット テコンV (Robot Taekwon V)商品化，每一件產品都是以狂熱愛好者為市場取向的高價品，而且數量也很少。

⊕ **テコンV**

這是從第1部到第4部所登場的原始造型ロボット テコンV (Robot Taekwon V)。雖然電影上映時也曾經發售，不過這邊所要介紹的是2008年上市以狂熱愛好者為取向的商品。

⊕ **スーパー テコンV**

這是1982年亮相的『スーパー テコンV(Super Taekwon V)』系列商品。影片中登場的スーパー テコンV(Super Taekwon V)造型以及相關玩具，都是沿用自日本動畫的『戦闘メカ ザブ○グル(Combat Mecha Xabu○gle)』。

▼可以從機器人變形成為飛機型態。飛機型態的外觀與原創玩具稍有差異，機首則是沿用自其他的玩具。

⊕ テコンV(1984年版)

這是1984年公開亮相的テコンV(Taekwon V)，雖然可以3機分離的構造與作品內容相同，但是造型卻完全不一樣。

▲▶玩具本身是改造自日本的『DiaclOne』商品，並且不明白為什麼附了一個與內容無關的英雄角色模型（也是沿用自日本作品）。

◀依照發售時期不同，也有標記成為「テコン5(Taekwon5)」的產品出現在市面。

⊕ テコンV90

這是在1990年所上映的寫實＆動畫混合電影裡登場的テコンV(Taekwon V)。這個造型參考自當時很流行的真實系機器人，玩具還有販賣小尺寸的廉價版本。

▶裡面有附贈吉祥物角色‧裴利角色模型的這一點真是令人開心。裴利是一名把罐子與廢鐵穿在身上的少年。

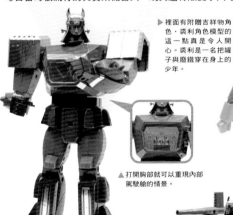

▲打開胸部就可以重現內部駕駛艙的情景。

▼也有附屬可以合體在背上的飛行機體。

▲身材高挑的テコンV(Taekwon V)，各個部位可以拆裝鎧甲與武器。

▶這是裝上武器、鎧甲以及飛行機體的全副武裝狀態。肩上的加農砲則能夠發射子彈。

亞洲原創作品 １６３

來自宇宙的ウレメ(Wooroemae

🏳 韓國　　1986年　　劇場版電影

這是由テコンV(Taekwon V)的導演・金青基以及人氣喜劇演員・沈炯擔任主角聯手打造而成的作品。故事內容是「個性樂觀開朗(以比較收斂的字眼來形容)的主角,從迫降在地球的太空船駕駛員那裡獲得變身成為超能力人的超級力量。超能力人便與女主角・蒂莉,一起駕駛宇宙戰艦ウレメ(Wooroemae)來對抗邪惡軍團」。這是一部真實與動畫混合而成的作品,特攝場景則是透過改造的日製玩具來進行拍攝。話說因為主角變身成為超能力人必須「不可以讓別人看見」,以致於過程非常複雜,所以劇中最令人矚目的地方,就是每次到了緊要關頭都會因為無法變身,而導致失敗的情況不斷地上演(雖然每次看到一半會覺得很厭煩)。

⊕ ウレメ6

這是1989年「第3世代ウレメ6(Wooroemae6)」登場的機器人。雖然造型與先前的ウレメ6(Wooroemae6)有所差異,本身也是原創玩具,不過飛行機體ウレメ(Wooroemae)號與腳掌等細部構造都有受到日本作品的影響。

▲外觀受到日本英雄戰隊作品影響的ウレメ(Wooroemae)號。

▶可以合體在機器人背上的飛行機體。

▶各個部位有進行鍍金處理的機器人本體。

◀裝上ウレメ(Wooroemae)號與飛行機體的狀態,並且採用ウレメ(Wooroemae)號裝在兩腿中間的大膽設計。

▲▶也能夠做到把下半身的飛行機體分離,然後直接把腳掌裝在腰上的玩法。

▲胸口內部有做出駕駛艙的造型。

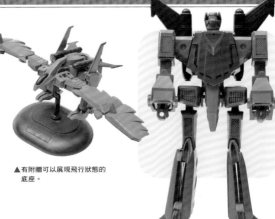

⊕ ウレメ

這是在第1部作品中登場的初代ウレメ(Wooroemae)號。雖然造型是修改自『忍者戰士◯影』,但是玩具本身與尺寸都是來自於不同的作品。只不過影片中的特攝場面,是將原創作品的DX玩具加以改造之後再拿去拍攝。

▲有附贈可以展現飛行狀態的底座。

08

⊕ ソーラー123(Solar123)

🏴 韓國　🎄 1982年　📺 劇場版電影

這部作品與『テコン(Taekwon)』、『ウレメ(Wooroemae)』同樣都是由金青基擔任導演。故事內容是描述「因為機器人反叛,導致母星毀滅的唯一倖存者艾斯帕,搭乘逃生太空船來到了地球,但是反叛的機器人們也同樣對地球伸出侵略的魔爪。艾斯帕便與地球科學家金博士所開發的機器人・ソーラー(Solar)123共同挺身而戰」。至於機器人的造型是沿用自『雷霆◯』以及『ロボッ◯8ちゃん(Rob◯t 8chian)』,艾斯帕與機器人母艦的造型則是分別沿用自『逆轉◯發人』以及『太陽戰隊太◯火神』。

■ソーラー(Solar)1跟2是沿用自『雷霆◯』(照片的中間以及右邊),ソーラー(Solar)3則是沿用自『ロボッ◯8ちゃん(Rob◯t 8chian)』。ソーラー(Solar)3在原創作品裡是正常人身高,不過在這裡卻是設定成為巨大機器人。

SoulFrame LAZENCA

 韓國　 1998年　 TV放送

故事內容描述「西元2116年，世界爆發核彈戰爭之後，中央亞洲統治國塞托斯與古代精神生命體亞杜曼爆發戰爭，流有古代騎士血統的少年亞汀，搭乘自3萬年前遺蹟裡挖掘到的古代機器人・凱隆，以及賽托斯王國公主・莉亞所召喚的2台可變形機器人・路達、密爾辛，合力對抗敵人」。由於有請到人氣搖滾樂團來唱主題曲之類的宣傳手法，與先前『テコンV(Taekwon V)』等韓國動畫有著許多差異，因此可說是一部符合時下潮流的作品。

◀這個就是擁有一身修長造型、貌似騎士的主角機體・凱隆。在作品初期，就只以調整狀態登場，正式啟動並開始活躍是在第6話之後(全13話)。

▶▼可變形成為貌似老虎的機器人・路達。野獸型態的腰部在機器人狀態時，可以拿來當成盾牌使用。雖然所使用武器的槍與野獸型態的角有著相同造型，但是兩者卻是不同的東西，並且不能互換使用。

▶▼可變形成為雙頭猛禽的機器人・密爾辛。把玩具的翅膀張開，全長可達50公分左右。附加的弓箭武器，能夠當成猛禽型態的尾巴並且收納起來。路達與密爾辛則是從第7話才在本篇登場。

10 綠之戰車ヘモス(Hamos)

韓國　1997年　TV放送

這個是在『LAZENCA』上映前一年公開播映，可說是韓國動畫史上轉捩點的一部作品。相較於『LAZENCA』，有更多英雄機器人參與演出，另外可以看出機器人造型有參考時下非常火紅的『新世紀福○戰士』。故事內容是「原本擔任機械修理工的少年理克，與同伴一起搭乘祖父所遺留下來的萬能戰車ヘモス(Hamos)踏上旅程。至於旅行的目的，就是為了尋找讓地球環境復原的裝置，以及動力來源的水晶。後來在途中與雙親相遇，並且駕駛雙親託付給他的巨大機器人‧帕特隆，最後跟打算征服世界的邪惡科學家‧Dr.阿比斯對抗」。雖然這部作品的主要機體是萬能戰車‧ヘモス(Hamos)，但是卻沒有成為玩具模型，就只有發售數款巨大機器人‧帕特隆的商品而已。另外在日本BS2播放的時候，則是把標題改成『虹の戰記イリス(虹之戰記Iris)』。

▲DX尺寸的帕特隆各部位都有鍍金，並且還有內附劍與槍，另外內藏發光&發聲機能。

▲打開胸口配件，可以重現與膠囊駕駛艙合體的模樣。另外可以從駕駛艙等外型看出來是受到『新世紀福○戰士』的影響。

▲這是比DX版本更早發行、省略武器以及各個機能的廉價版。其他差異則在於手指形狀呈現攤開的狀態。另外市面上還有發售小尺寸的「STD帕特隆」以及組合塑膠模型。

接到委託撰寫這本書，是在2008年4月的時候。

「敝社想要藉由這個機會推出有關於山寨玩具的書籍，所以來信徵求您的意見。」

面對內容如此嚴肅的信件，我當下就猜測這是新型的網路詐騙手法，或者是損友所寄來的黑色笑話。

抱持著半信半疑的心情前往赴約，原先的猜測瞬間轉變成為肯定。因為出現在赴約地點的編輯，是一名長頭髮並且滿臉落腮鬍、身穿鬆垮垮的褲子外加一雙涼鞋的模樣。而且明明就是初次會面，竟然連紙筆跟筆都沒有帶來。

「這個絕對是詐欺沒錯，如果對方以登錄費的名義收取金錢，我就馬上轉身跑走。」

就在這個短暫的一瞬間，經常徘徊於亞洲市場所練就出來的危機洞察力，便如此警惕著自己。

但是說來慚愧，這名一看就讓人覺得並非善類的編輯，與自己給人的感覺簡直是如出一轍。因為一頭長頭髮外加滿臉落腮鬍就是自己當時的寫照，再加上自己以前還曾經有過穿著拖鞋前往美國的親身經驗。

而且這位編輯，偶爾還會對他不太可能有興趣的狂熱愛好者所追求的這類玩具積極地發問。

就在對話大約1個小時左右之後，內心突然冒出這段想法……。

「咦？這個傢伙說不定是好人耶。」

只不過這個也有可能是故意讓人如此認為的「高明詐騙集團」手法之一。

畢竟以正常人的腦袋去想也知道，這個世界上怎麼可能有人會沒事去發行只收錄山寨玩具的書籍嘛。

而且老實說，從以前到現在是有接過好幾次出版單行本的提議，像是「在山寨玩具裡加上

韓國流行的要素……」、「跟幾名其他領域的作家們一起……」、「以亞洲旅遊雜記的內容方式推出……」以上這類要素的企劃，不過到最後都是無疾而終。

現在仔細想想，提出那些最後不了了之企劃的編輯們，都是西裝筆挺的「成人打扮」；身穿垮褲加上涼鞋的編輯倒則還是第一次遇到。

於是我最後答應這名看似並非善類的編輯所提出的企劃，而開始撰寫單行本，但是製作這本首開先例「只收錄山寨玩具的書籍」，還真是遭遇到不少問題呢。

像是「必須要尋找價位便宜的攝影師幫數量驚人的山寨玩具拍照」，以及杞人憂天的筆者所擔心的「業界情況」…諸如此類。

前者是千託萬拜託請到了幫加藤藏鏡人在『ウラBUBKA』、『月刊BUBKA』(兩本都是出自於コアマガジン出版社)雜誌上連載報導拍攝照片的藤見道隆先生。

後者則是前面提到的那位「看似並非善類的編輯」，幫我去查詢法律書籍以及前往法律事務所洽詢相關程序。

在大家的協助幫忙下，經過將近1年半的歲月之後，終於完成此書了。

……說句真心話，直到實際在書店陳列架上看到這本書發售為止，認為這是一場騙局的疑慮從來沒有完全消散。

總之不管怎麼樣，想在這裡感謝給我機會出版這本書的「看似並非善類的編輯」·濱崎譽史朗先生、幫大量玩具拍出帥氣照片的攝影師·藤見道隆先生、設計裝訂這本書到如此華麗的程度，讓人不覺得是在介紹山寨玩具的m.b設計公司·高橋力先生、北村卓也先生以及大島寬子小姐。

另外也非常感謝玩具收集品永無止境地增加，卻從來沒有一次露出不悅的表情……不

對，應該有過兩、三次吧？總之，從頭到尾都願意體諒我的妻子與女兒。

還有亞洲各國的玩具相關業者以及玩具店不斷推出令我很感興趣的山寨玩具、同樣深愛玩具的台灣朋友、經常提供韓國動畫情報的御宅族・ウリ、提供美酒佳餚的上海居酒屋（在個人專訪完成之後就結束營業了），以及所有與本書相關的人們，真的是多謝了（原書在此以中文撰寫）＆カムサハムニダ（日文拼音的韓文，意思是非常感謝）。

對了對了，如果除了日本以外國家的人們「打算製作」或是「已經製作」這本書的中文盜版書，請務必來信聯絡，至少我是不會生氣的喔。

玩具冒險家：山寨番長

● ● ● ● ● ● 編輯後記

提出撰寫這本書的委託案，是在2008年4月的時候，當時可說是拼了命地努力收集相關資料，當然現在也是同樣拼了命地到處收集。

老實說，自己算是一個不斷收集正在收集的人，換言之就是收集家的收藏家。

然而在所有的收藏家之中，收藏對象可說是最有意義卻又最沒事找事做的人就屬山寨番長了。畢竟就如各位所見，山寨番長所收藏的東西，可是平常在日本購買不到的玩具呢。

只不過就算說他沒事找事做，這個系列的收藏品仍然是可以榮登金氏世界紀錄的重要文化資產。畢竟能夠收集到這種地步，沒有過人的執著、知識、行動力、人脈以及財力根本就辦不到。雖然說有財力，正所謂有錢能使鬼推磨，與名畫、古董相比當然有決定性的差異。先不說取得來源困難，像這種不能製作、不可販售的東西能夠收集到這種程度，在這個世界上絕對就只有山寨番長一個人而已，完全可說是前所未聞、空前絕後、無人能夠取代的收藏家。

像這種山寨玩具，原本都是一些不見天日的地下商品，但是卻能夠讓人感受到這確實是有仔細地觀察模仿，進而加上創意、文化背景、貧富差距、感受差異等元素，宛如濃縮了日出之國與覺醒雄獅之間的誤解、相剋以及愛情。

如果沒有人以如此形式來進行介紹，這些玩具說不定就會被當成一種禁忌，或是垃圾而永遠被抹殺在黑暗之中。只不過假以時日說不定還會立場顛倒，在文化相互融合以及發展之下，很可能就連我們在嘲笑什麼、什麼是山寨版也都會分不清楚。身為這個時代的東方亞洲人一份子，深深地感受到自己所背負的使命，就是將山寨番長的收藏品集結成冊，成為珍貴的資料流傳於世。

社會評論社：濱崎譽史朗

真是不敢相信！為了確認「到底是不是夢」，而捏了自己好幾次臉頰！

由於自己曾經因為非常開心在台灣、香港發現到日本的御宅系書籍(中文版本)而當場購買，並且也知道介紹『超○金』、『變○金剛』等玩具的書籍(偶爾會在日本出版社或是作者不知情的情況之下)翻譯成為中文，繼而在台灣以及香港出版上市。

因為自己曾有過「當我偶然走進光華商場或是西門町的御宅系商店時，發現自己的這本書要是能夠發行中文版本，真不知道會有多麼開心耶？」的念頭，因此在日文版後記中寫到「如果有人打算在日本之外的國家製作這本書的中文盜版，請來信與我聯絡」這段玩笑話，不過實際上別說是「盜版」了，竟然還是我最喜歡的台灣來信申請製作「正式授權中文版」……！

記得我首次造訪台灣是在1993年的時候，當時從日本前往台灣還需要正式簽證，而且台北捷運尚未開通。如果以一般人比較難以理解，不過對御宅族來說卻是容易理解的方式來加以說明，就是變形金剛系列在日本停播的時候，美國卻開始播放『變○金剛 GENERATION2』；而戰隊系列在日本播放到『恐龍戰隊獸○者』的段落，而美國卻是才剛開始上映『P○wer Rangers』。我還記得自己在初訪台灣的時候，剛抵達不久就馬上開晃到寧夏夜市，一面吃著鍋貼(明明就有更好吃的東西！)，一面買下混合著「獸○者」與「變○金剛」的山寨版機器人玩具。

台灣給我的第一印象是「比起自己之前去過的香港更富有人情味，香港的料理是越貴越好吃，台灣則是有許多既便宜又好吃的料理」。以前在光華商場的旁邊，有一家排骨飯還有雪花冰都「超好吃！」的餐廳，當時停留在台灣的那段時間裡，幾乎每天都會去吃上一餐。之後成為了「哈台族」的我，就經常「為了購買玩具」以及「為了吃美食」而造訪台灣。過去還曾經有過跑去新竹城隍廟吃米粉的同時，沒有事先預約就前往拜訪在這本書當中介紹過的『TRAN SJET』系列(88～89頁)的製造公司。

至於台灣成為在我心目中最特別國家的決定性理由，就是結識了朋友。

某日，當我得知自己在網路上拍賣的日本古董玩具，是由一名台中的玩具御宅兄買下來的當時，就跟他提到「我很喜歡台灣，經常會造訪台灣」這件事情，於是他就回覆我「如果來台灣，記得要到台中玩喔」。原先想說應該只是社交辭令，不過思慮短淺的我，後來就真的厚著臉皮跑到台中玩了。不過這位非常爽朗的「台灣玩具御宅兄」，在面對我這位幾乎是初次見面的「來自日本的玩具阿宅」，依然還是以最棒的招待方式歡迎我。他除了帶我逛遍台中的玩具店，還介紹我前往他非常熟悉的玩具店家，以及從孩童時代就開始持續出入的雜貨店；而且還針對我的喜好，請我去吃「導覽手冊上面沒有介紹」的餐廳。

從此之後，我就跟他如同字面上所說的成為了朋友，並且連同全家人都有持續保持聯絡。

如果沒有他，我的山寨玩具收藏根本無法如此充實，並且說不定連這本『山寨版玩具大圖鑑』也無法出版了吧。

雖然台灣有一段歌詞是「三分天注定，七分靠打拼」，不過我的情況卻是「十分天注定」。

我這個人成天就只是在夜市裡邊走邊吃還有買玩具，根本都只有遊玩而沒有努力(沒有打拼)，不過卻又因為這個際遇，讓我得以完成這麼棒的書籍發行於日本以及台灣！

所以首先在此將最高級的感謝，獻給這位李姓朋友與他的家人，以及給予我這次機會的尖端出版社・劉惠卿小姐。

也很感謝在百忙之中依然幫我仔細校對的劉

致妤小姐！還有過去固定的下榻飯店・「金星飯店」的陳氏一家人、士林某間模型店的老爺爺、台中玩具店的老闆，以及我在台灣遇過的所有人，另外也非常感謝總是讓我能夠在日本嚐到美味台灣料理的新宿「香港烤臘」全體人員！當然也很感謝願意閱讀這本書的所有台灣讀者，或許我說不定曾經與各位在萬年商業大樓的超狹窄模型架之間擦身而過喔。

……話說今後也期待簡體字版、韓文版以及英文版的授權申請(笑)。

這是作者第一次在台灣購買的玩具。『變○金剛』的「Snapdrag○n」上面接了『獸○者』中「大○神」的頭部。

玩具冒險家：山寨番長

因為米糕太美味而嘴角上揚的山寨番長(地點位於台中)。

山寨番長 Inchiki Bancho【玩具冒險家】

世界番長聯盟公認的番長。喜歡的料理是排骨飯（沒有滷過的那種）、雞肉飯、棺材板、米糕、加辣的阿宗麵線、檸檬養樂多等等。不喜歡吃香菜。山寨的興趣並非只有針對於玩具而已，曾經有舉辦過角色扮演成為美國摔角選手的偽摔角手大會。

加藤藏鏡人 Kato Angura【自由作家】

亞特蘭大宅林匹克金牌得主。雖然筆名的由來鮮為人知，不過其實是修改自某個美國摔角手的比賽稱號(It's True！)。過去曾經在次文化雜誌、八卦雜誌等各種地方撰寫有關於亞洲之宅文化以及玩具的專欄，但是由於刊登的雜誌接連休刊，因此目前正在求職中。

國家圖書館出版品預行編目資料

亞洲山寨版玩具大圖鑑：中國、香港、台灣、韓國的奇妙玩具 / いんちき番長, 加藤アングラ著；御門幻流譯.
—1版.—臺北市：尖端, 2010.12[民99]
面 ； 公分.—(認識系列)
譯自：いんちきおもちゃ大図鑑：中国.香港.台湾.韓国のアヤシイ玩具
ISBN 978-957-10-4331-9(平裝)

1.玩具 2.模仿 3.文集

479.807   99009626

認識系列

亞洲山寨版玩具大圖鑑
中國、香港、台灣、韓國的奇妙玩具
（原名：いんちきもちゃ大図鑑─中国、香港、台湾、韓国のアヤシイ玩具）

作者／山寨番長＋加藤藏鏡人　　　譯者／御門幻流
協理／王怡翔　　　　　　　　　　副editor／陳君平
國際版權／林孟璇・劉惠卿
副總編輯／施秉志　　　　　　　　美術監製／沙雲佩

發行人／黃鎮隆
法律顧問／通律機構　台北市重慶南路二段59號11樓
出版／尖端出版
　　　城邦文化事業股份有限公司
　　　台北市中山區民生東路二段141號10樓
　　　電話：（02）2500-7600 傳真：（02）2500-1974
　　　E-mail：4th_department@mail2.spp.com.tw
發行／英屬蓋曼群島商家庭傳媒股份有限公司城邦分公司
　　　台北市中山區民生東路二段141號10樓
　　　電話：（02）2500-7600
　　　傳真：（02）2500-1979
　　　客服信箱：marketing@spp.com.tw
北部經銷／祥友圖書有限公司
　　　　　Tel:(02)8512-3851 Fax:(02)8512-4255
中彰投以北經銷／高見文化行銷股份有限公司
　　　　　Tel:0800-055-365 Fax:(02)2668-6220
雲嘉經銷／智豐圖書股份有限公司 嘉義公司
　　　　　Tel:(05)233-3852 Fax:(05)233-3863
南部經銷／智豐圖書股份有限公司 高雄公司
　　　　　Tel:(07)373-0079 Fax:(07)373-0087

2011年1月1版2刷

■中文版■

郵購注意事項：
1.填妥劃撥單資料：帳號：50003021號　戶名：英屬蓋曼群島商家庭傳媒（股）公司城邦分公司。　2.通信欄內註明訂購書名與冊數。3.劃撥金額低於500元，請加附掛號郵資50元。如劃撥日起10～14日，仍未收到書時，請洽劃撥組。劃撥專線TEL：（03）312-4212・FAX：（03）322-4621。